最強陰陽師の異世界転生記 5
～下僕の妖怪どもに比べてモンスターが弱すぎるんだが～

kosuzu kiichi
小鈴危一
illust.
柚希きひろ

「あなたはもはや、
毛皮同然で
ございますからなぁッ！」
「ヒヒッ、いつまで
もつかなぁ？」
エルマン・ロド・トリヴァス
奴隷商人
ネグ
操霊士《スペクタラー》

セイカ・ランプローグ
陰陽師
「欲に目がくらんだな、エルマン」

「何？　覗き？」
ルルム
巫女

最強陰陽師の異世界転生記

～下僕の妖怪どもに比べてモンスターが弱すぎるんだが～

kosuzu kiichi
小鈴危一

5

illust.
柚希きひろ

CONTENTS

本文挿絵協力：クラウドゲート株式会社

第一章　其の一　chapter 1

親愛なるセイカ様へ

寒さも落ち着き、芽吹きの季節を迎える今日この頃。セイカ様におかれましてはいかがお過ごしでしょうか。

便りがここまで遅くなってしまったことをお許しください。セイカ様が無事ラカナへ入城できたことは聞き及んでおりましたが、あいにく種々の難事に手を取られ、なかなかペンを執る機会に恵まれませんでした。わたくしの半生で、これほど口惜しかった日々はありません。

ただその甲斐あって、難事はおおむね片付き、こうして手紙を送ることもできるようになりました。ようやく思いを綴れるこの喜びを今、インクに込めております。

前置きはこのくらいに、まずは一番お伝えしたかった言葉を申し上げます。

セイカ様。ラカナを救っていただき、本当にありがとうございました。

スタンピードが起こる可能性は、実はわたくしも把握しておりました。セイカ様をお見送りして数日後に、ぽつりぽつりとそのような未来が視えるようになったのです。

しかしながら、みなさんに別の滞在先をすぐには用意できず、またセイカ様にお伝えしようにも、例の騒動の渦中にいたわたくしには方々《ほうぼう》の派閥からの目が光り、なかなか手紙も書けない始末。そこで、なんとか未来を変えようと試みたのですが……結局はうまくいかず、セイカ様の手を煩《わずら》わせることとなってしまいました。

わたくしの力も万能ではなく、まれにこのようなことが起こってしまうのです。申し訳ありません。

お詫びと言ってはなんですが、役に立つ紙を同封しておきました。

好きな数字をお書きください。リストにあるいずれかの商会に持っていけば、すぐに用立ててくれるでしょう。

冒険者を始められたそうですね。サイラス議長がセイカ様たちをろくに歓待もせず、街に放り出したと聞いた時は思わず顔が引きつったものですが、とても活躍されているようで何よりです。

セイカ様が冒険者をされている野性的なお姿は、いつかぜひ……ぜひ見てみたく思います。

お体にはお気をつけて。

また手紙を書きます。

あなたのフィオナより

ぼくは静かに手紙を閉じた。

ラカナにある、逗留中の宿の一室。

時候の挨拶にもあった通り、ここのところは寒さもだいぶ緩んでいる。

長かった冬が終わり、この国はまた春を迎えようとしていた。

もうあと一月《ひとつき》もすれば、ここラカナへ来て丸一年が経つことになる。思い返せば、なんとも慌ただしい日々だった。

窓際でひなたぼっこをしていたユキが、むくりと体を起こす。

「おや。文《ふみ》でございますか、セイカさま」

「ああ。フィオナからな」

「ほほう、あの姫御子《ひめみこ》から。ずいぶんと今さらな気もしますが……して、なんと？」

「スタンピードのこと、なんとかしてくれてありがとうってさ」

「む……」

「あれが起こることはぼくを送り出した後に気づいたけど、いろいろあって伝えられなかったって」

「むむ、なにやらいかにも……取り繕ったような内容でございますね」

ユキはあからさまに疑わしそうな顔になって言う。

「言うまでもなく、虚偽ではございませんか？　あの姫御子は実のところ、こうなることを全部知ったうえで……セイカさまを利用していたのでは？」

「確かに、書いてあることのすべてが事実ではないだろうな」

ぼくは、折りたたんだ手紙に視線を落としながら言う。

「監視の目があって手紙が出せなかったとあるが、あの襲撃の真相をすっかり隠蔽して見せたことだし、フィオナがそんな不自由な立場にいたとは思えない。手紙の一枚や二枚くらいなら、書こうと思えば好きに書けただろう」

未来視の力を持ち、聖騎士という強大な暴力まで手にしている彼女が、その程度もままならない状況というのが考えにくい。

皇女という地位と、その謀《はかりごと》を為す力を思えば、むしろ状況を積極的に操れる立場にいたはずだ。

あらゆる人物にとって寝耳に水だったはずの帝城襲撃で、彼女だけが事前にすべてを知り、望む行動をとった。

勇者と、それを逃がした下手人の行方を知るのは、今や宮廷でフィオナだけだ。

しかし、ぼくは言う。

「でも、それ以外はだいたい本当じゃないかな。少なくとも悪意があって黙っていたわけではないと思うよ」

「む、どうしてそんなことが言い切れるので？」

「未来の視える人間が案内した街で、大災害が起きたらいかにも怪しいだろう」

「……？　はい。ですから、ユキはそう申しております」

「だからこそだよ。すべてを知っていたなら、あの聖皇女がそんな粗末な手を打つはずがない」

ぼくやアミュを始末したかったのだと考えても、あるいは単純にラカナを救ってほしかったのだと考えても、どうも違和感があった。

「だから本当に、ぼくを送り出した時点ではわからなかったんじゃないかな。こんなことになって、フィオナもきっと焦ったことだろう」

「むぅ……しかしそれは、文《ふみ》を寄越さなかった理由になっておりません。それならばそうと、セイカさまにきちんと伝えるべきだったのでは？」

「伝えるとしてなんて言うんだよ。急に新しい逃亡先なんて用意できないだろうから、逃げてくれとも言いづらい。かと言って、そのまま街にいろとも言えるわけがない。未来を変えられる可能性があったのなら、彼女としてはそっちに賭けるしかなかったんじゃないか？　失敗したみたいだけど」

「セイカさまがそう思われることまで見越して……とは考えられませんか？」

「帝城をいきなり破壊するような輩に、そこまでの深慮を期待するか？」

「そう言われますと……ユキとしてはなにも言えませんが」

おそらくフィオナの側にも、いろいろ葛藤があったに違いない。

支援者であるラカナは当然失いたくない。同時に、得体の知れない力を持つぼくの不信を買うことも避けたい。

となればやはり、自分だけですべてなんとかする必要があった。

結局ラカナもぼくも無事だったが、スタンピードが起こってしまった以上、彼女は失敗したことになる。この手紙も、ぼくの機嫌をとる敗戦処理みたいなものだろう。

なんとなく、あの聖皇女の苦労も想像できるようになっていた。

政治家である前に、彼女も人間なのだ。

それに……機嫌をとるというには、ちょっと十分すぎるものを寄越してくれた。

ぼくは手紙と一緒に入っていた紙片に目を落とす。

「まあ、今は彼女を信じるよ。こんなものまでもらってしまったしね」

「……？　なんでございますか？　その紙は」

「手形」

その小さな長方形の紙片は、これまで見た中で最も上質な紙だった。

複雑な紋様の縁取りがなされ、銀行名や支払いに関する文言、そしてフィオナの署名があり、印章が押されている。

ただし、金額は空欄になっていた。

「好きな額を書いてくれとさ」

「ええと、手形……とは？」

「言うなれば、金銭の代わりになる紙だよ。ここに書いてある銀行か、フィオナが出資している商会の支店に持っていけば、金に換えてくれるみたいだ。ちなみに金額はぼくが自由に決めていいらしい」

「おお！　それはもしや、すごいものなのでは⁉　この世の富のすべてがセイカさまのものになるということですか！」

「いや、そんなとんでもない額は書けないけどな。あくまでフィオナが支払える額までだ。多少は空気を読んで決める必要がある」

ただそれでも……相当な額をもらえそうではあるが。

「幸い、今はもう金の心配はしてないが……あって困るものではないからな。いつかこれに助けられるかもしれない」

「良うございましたね、セイカさま」

ユキがあらたまって言う。

「財貨が手に入ることもそうですが……その量をセイカさまが好きに決めていいということは、それだけ信用されているということなのでしょう。セイカさまが書き入れる額次第では、あの姫御子が破滅しかねないのでしょうから。力のある為政者に信用され、悪いことはございません」

聞いたぼくは目を瞬《しばた》かせた後、苦笑した。

「いや。結局この銀行に預けてある以上には払い出されないから、破滅はないと思うが」

「あ、あれ、そうなのでございますか……」

「でも……そうだな。そう思っておくことにするか」

そう言って小さく笑うと、ぼくは立ち上がり、外套を手に取る。

「外出でございますか？　セイカさま」

「ああ、便箋を買いにな。たぶん今、フィオナはぼくがどう思っているか、いくらか不安だろうからな。なるべく早く返事を書いてやることにするよ。ただ……」

ぼくはそこで、眉をひそめて付け加える。

「内容をどうするか、だけど……」

「なにを悩んでおられるので？　文《ふみ》を書くのは、セイカさまもお好きだったではございませんか」

「それはそうなんだけど……なんかこの手紙、まるで想い人に送るみたいな書き方なんだよな。あなたのフィオナより、とか書いてあるし……」

「…………ん？」

「まあこれが皇女という立場での処世術なのかもしれないが、どういう感じで返したものか……こちらの上流階級の作法は、正直そこまで詳しくないし……」

「あの……セイカさま。それはたぶん、そうではなく……」

「ん？　なんだ？」

「……いえ、なんでもございません。ユキが言っても、きっと仕方のないことでしょうから」

と、まるで溜息をつきたそうな声音で言う。

「ただ、ユキは前世から思っておりましたが……くれぐれもお気をつけくださいね、セイカさま」

「だから、何がだよ」

ユキは、なんだか駄目男に言い聞かせるような調子で告げた。

「どうか、女性に後ろから刺されるようなことにだけはなりませぬよう」

◆　◆　◆

「冒険者等級？」

フィオナに返事を出して、数日が経った頃。

ギルドの食堂で一人遅めの朝食をとっていると、ぼくを見つけたアミュたちが駆け寄ってきて、身を乗り出すようにこんなことを訊ねてきた。

冒険者等級のことも聞いた？　と。

記憶を掘り起こしつつ訊ね返す。

「それって確か……冒険者の格付けのことだったよな。それがどうかしたのか？」

「あたしたちの等級がようやく決まったのよ！」

注文もせずにぼくの正面の椅子に座ったアミュが、弾んだ声でそう言った。

ぼくは意味がわからず首をかしげる。

「ようやく決まったって……どういうこと？」

「えっとねセイカくん。冒険者って、実績と経験年数で等級が決まるんだって」

ちょっと店員を気にしつつアミュの隣に腰掛けたイーファが説明を始めたので、ぼくは相づちを打ちながら聞く。

「あれってそういう仕組みだったのか。それで？」

「わたしたち、去年のスタンピードでみんな、たくさんモンスターを倒したでしょ？　それでね、その時に戦った人たちの等級をどうするか、ずっとギルドで話し合ってたみたいなの」

「昇級の要件になる実績って、パーティーで倒したモンスターの種類によって決まるのよ。でもスタンピードはパーティーなんて関係ない乱戦だったから、どこまでを実績と認めるのか揉めてたってわけ」

イーファの説明を補足するように、アミュが言う。

「上位モンスターが混じってたから全員を二級や三級まで上げるのか、それとも特殊な状況だったから実績とは一切認めないか、間を取って四級や五級にするか……みたいな」

「はあ……」

いまいちピンと来ていないぼくは、とりあえず根本的なところから訊ねることにする。

「その、等級が上がる実績や経験っていうのは、具体的にはなんなんだ？」

「ええと」

思い出そうとするように、アミュが空中を見つめながら言う。

「最初は十級で、下位モンスターを倒せれば九級ね。そこから一年経験を積むごとに一級ずつ、六級まで上がるわ。でも中位モンスターを倒せれば、その時点で経験年数関係なく五級。それでいて五年以上の経験があれば四級。同じく上位モンスターを倒せれば三級で、かつ十年以上の経験があれば二級ってわけ」

「ふうん、なるほどな」

実力と経験、どちらも評価するような等級制度のようだった。

　ただ強いだけでも三級にまではなれるが、二級となると加えて十年もの冒険者経験が必要になる。強敵に挑みながらそれほど生き延びられたのなら、かなりの古強者《ふるつわもの》と言っていいだろう。

　と、ぼくは疑問が浮かぶ。

「あれ、じゃあ一級にはどうすればなれるんだ？」

「一級と準一級は、ギルドが特別に認定しない限りなれないわ。サイラス市長は一級らしいけど、ラカナには他にいないんじゃないかしら」

　となると、名誉職みたいなものだろうか。ならば実質、二級が冒険者の頂点というわけか。

　と、そこでアミュが付け加える。

「ただ、それとは別にパーティーの等級もあって、そっちなら準一級はけっこういるわね。パパのパーティーもそうだったし、ザムルグの《紅翼団《こうよくだん》》とロイドの《連樹同盟《れんじゅどうめい》》も両方準一級だったはずよ。もっとも、よっぽど有名なパーティーじゃないと等級なんてそもそもつかないけどね」

「ややこしいな……だけどだいたいわかったよ」

　パーティーの格付けも、実質的には名声によって得られるものなんだろう。

　ぼくは話を戻す。

「それで、スタンピードでの戦いを実績と認めるかってことだったな。確かに頑張って上位モンスターを倒したやつもいれば、ずっと隠れてたやつもいるだろうから微妙だろうけど……ギルドは結局どうすることにしたんだ？」

「ふふふ……じゃーん！　答えはこれよ！」

そう言って、アミュがにっこり笑いながら小さな金属板を突き出した。

黄色がかった指でつまめるほどの金属板には、首にかけるための小さな鎖が繋がっている。その表面には『五』という数字と冒険者ギルドの紋章、それからアミュの名前が打刻されていた。

「スタンピードで戦ってた冒険者はみんな、中位モンスターの討伐実績ありって扱いになったわけ。あたしたち全員、五級になったのよ！」

金属板は、どうやら五級の認定票だったようだ。

よく見れば、イーファとメイベルも首から同じものを下げている。

「ふうん……ちょっと見ていいか？」

アミュから認定票を借り受ける。

黄色がかった金属は、おそらく真鍮《しんちゅう》。打刻は思ったよりも丁寧にされている。等級の数字と偽造防止のためのギルドの紋章はともかく、わざわざ名前まで入っているのは、きっと盗難や勝手な売買を防ぐためだろう。

打刻されている『五』という数字をしばし眺めた後、無言で返すと、アミュが不満そうに唇を尖らせた。

「なによ、そのつまんない反応。感想とかないわけ？」

「いや……」

微妙な気持ちになってしまった理由を、ぼくは仕方なく説明する。

「五級か、と思ってさ……。だって君、レッサーデーモンやナーガを倒してるだろ？　あれは上位モンスターじゃなかったか？　本当なら三級になっていいはずなのに」

「そんなの仕方ないじゃない」

アミュが認定票を首から下げながら言う。

「あの時は別に冒険者として倒したわけじゃなかったし、まだ十二歳だったんだから。ギルドだって認めるわけにはいかないわよ」

「ああ……そういえば冒険者として正式に認められるのは、十五歳になってからだったっけ」

実際にはそれより年少の冒険者もいるが、正式にギルドへ登録できるのは成人してからだと、以前アミュに聞いたことがあった。

アミュがにまにま笑いながら言う。

「それに、等級は上げればいいのよ！　ダンジョンが復活したら、適当にハイオークでも倒しに行きましょう。エルダートレントでもいいわね、一度倒さず逃げちゃったから」

実力より低い評価にもかかわらず、アミュはずいぶんと機嫌が良さそうだった。

小さい頃から冒険者をやっていたアミュも、これまでは年齢の関係で正式にギルドへ加入できなかったから、今回初めて等級を得たことになる。それが嬉しいのかもしれない。

ふと、そこでぼくは気づく。

「あれ、待てよ。それならもしかして、ぼくだけ実績が認められないことにならないか？」

「なんでよ」

「スタンピードの時点でも、ぼくまだ十四だったぞ。誕生日が秋だから。成人してからはダンジョンに潜ってないし……ひょっとして、ぼくだけまだ十級なのか？」

「あのね……」

アミュが呆れたように言う。

「あんたあれだけのことをしたんだから、そんなつまらない理由で実績が認められないわけないでしょ。だいたい一、二歳くらいなら、みんな普通に誤魔化してるわよ」

「そうか、ならよかった」

ぼくはほっと息を吐く。

別に等級なんてどうでもいいが……さすがに一人だけこの子らより下では、なんだか格好がつかない。

ぼくは視線をテーブルに戻し、朝食の残りに手をつけながら呟く。

「じゃあ、五級にはなれるわけだな。それならぼくもその認定票、もらいに行かないとな……ギルドで受け取れるのか？　手数料とかかかる？」

「……」

「……」

「……」

「あれ、どうした？　三人とも」

顔を上げると、三人が微妙な表情で沈黙していた。

ほどなくして、イーファがなんともいえない口調で言う。

「えっと、セイカくんは別だよ……わたしたちと一緒なわけないじゃない」

「えっ」

「あんた、自分がなにしたと思ってるのよ」

「ええ？」

「はい」

と言って、イーファの反対側に座っていたメイベルが、小ぶりな木箱を差しだしてきた。

「セイカの分、あずかってきた」

「ぼくの分……？　これ、ぼくの認定票か？」

木箱を引き寄せる。

手に取って見ると、なかなか丁寧な作りだ。

金属の留め具を外し、蓋を開ける。すると予想通り、一つの認定票が木枠に嵌《は》められ収められていた。

ただし、その見た目はアミュたちのものとはだいぶ異なっている。

黄色がかった金属であるのは変わらないが、その輝きはずっと強く、また打刻されている数字も別だ。

『一《いち》』。

「一《いち》……？　ってこれ、一級の認定票⁉」

いったい誰のものかと思ったが、よく見なくてもセイカの文字がはっきりと打刻されている。

家名まではないものの、明らかに自分のものだった。

「いや待て、これ、色が君らのと違うんだけど……もしかして、純金製か？」

「そうよ」

アミュが、どこか呆れたような顔でうなずく。

「認定票って普通は真鍮製なんだけど、準一級が銀、一級が金でできてるの」

「こ、こんな高価なもの首から下げて冒険に行けっていうのか……」

「現役の冒険者がもらうことは少ないって聞くわね」

名誉の等級なら、確かにそうだろうけど……。

アミュが続けて言う。

「ま、鎖は金じゃないし、溶かして売っても金貨一枚分にもならないわよ。命を狙われるほど高価なものじゃないわ」

「確かにそんなに大きくはないけど……というか、なんでぼくだけ一級なんだ？」

「ええ……なんでって、あんたねぇ……」

「セイカくんが不思議に思ってるのが不思議だよ……」

「スタンピードを一人で収めたんだから、あたり前」

メイベルに正論をぶつけられ、ぼくは何も言えなくなった。

やっぱり、さすがにやり過ぎだったか……。

微妙な表情のまま、黄金色の認定票を手に取る。

「どうでもいいけど、こういうのって普通ギルドの支所長とかから手渡しされるものじゃないのか？　いくらパーティーメンバーとは言え、人に預けるなよ……」

「忙しかったんじゃないの？　あんたが攻略本作りの仕事をギルドに押しつけたから」

「あー……」

アミュの言う通り。

この半年くらい、ぼくはダンジョン攻略に役立つ情報を記した書物作成に励んできたわけだが、苦労の末に初版ができあがったのを見計らって、以後の仕事を全部ギルドへ引き継いだのだ。

ぼくとしては、本来やるべきところへ仕事を返したつもりだったのだが……最近は少しずつダンジョンにモンスターが戻ってきているのもあって、職員は皆忙しくしているようだった。

だから、少々恨まれるのもわからなくはない。

ぼくが渋い顔をしていると、アミュがめんどくさそうに言う。

「なに？　あんた授賞式とかしてほしかったわけ？」

「いや、全然そんなことはないけど……」

「じゃあいいじゃない」

「……なんか最近、街の連中のぼくに対する扱いが雑になってきてる気がするんだよな。ますます馴れ馴れしいっていうか……」

「それ、ここに馴染んできてるってことなんじゃないの？　学園よりいいじゃない、あんた友達いなかったんだし」

「ぐっ……」

呻《うめ》くぼくを無視し、アミュが続ける。

「意外だけど……あんたって行儀のいいお貴族様みたいなのより、荒っぽかったり、変わってる人間に好かれるわよね。あんた自身は全然そんな風に見えないのに、不思議」

「……」

言われてみれば……前世でもそうだったかもしれない。

陰陽寮の役人時代には周りの貴族に全然馴染めなかった一方で、西洋から帰ってきてからは変な武士《もののふ》や術士や山伏や商人連中に懐かれ、そんな付き合いばかり増えていった。

確かに前世では、元々生まれも育ちも決していいとは言えなかったが……こういう気質は、やっぱり転生しても変わらないものか。

「でも……みんな、ちゃんとセイカくんには感謝してると思うよ」

その時、イーファがぽつりと言った。

「スタンピードの前は、いろいろ噂されてたけど……今じゃもう、セイカくんのことを悪く言ってる人なんていないもん。それだってきっと、感謝してるからくれたんだよ」

「それって、この認定票か？」

「うん。セイカくん、銅像を建てる話、断っちゃったでしょ？　だから、代わりになにかあげたかったんだよ。ギルドの人たちだけじゃなくて、議会の人たちもみんな同じ気持ちだったから、セイカくんを一級って認めることになったんだと思う」

ぼくは思わず、金の認定票に視線を落とした。

「まあ、銅像は本気で勘弁してほしかったから断ったのは当然として……その代わりか」

本来であれば、せいぜい準一級止まりだったのだろう。

ぼく以外で、一級の冒険者は市長のサイラスしかいないのだ。いくら大きな功績があるとは言え、皆から尊敬される街の首長と、若造の一冒険者を同格に認定しては、街との関係がこじれる可能性がある。

ギルドの独断では、きっとためらわれたはずだ。

それにもかかわらず、他の冒険者と同じタイミングでぼくが一級になれたということは……普通に考えて、議会やサイラス市長の後押しがあったに違いなかった。

ぼくは、ふと微笑む。

「そういうことなら……ありがたく受け取っておくか」

為政者に目を付けられる危険を冒してまでラカナを救った甲斐も、あったかもしれない。

冒険者の等級なら、これから先役に立つこともきっとあるだろう。

ぼくは、自分の名が入った認定票をつまんで眺める。

「でもこれ、家名は入れてくれないんだな」

「認定票ってそういうものよ。家名を持ってる冒険者なんてほとんどいないし、持っていても隠したがることが多いから。あと、スペースもないし」

「確かに」

「ま、なんにせよよかったわね、セイカ」

アミュがにやつきながら言う。

「一級の認定票はすごいわよ？　ギルドが認めた人物ってことになるから、どこへ行ってもお偉いさんみたいな扱いされるわ」

「ええ、むしろそういうのはやめてほしいな……」

だけど、いかにもありそうだった。

こういうのをもらうやつは、だいたいの場合金と地位も持っているものだ。

今年でようやく十六という若い身体ではあるものの、一級という肩書きを見てへりくだる人間はきっと多いだろう。

しかしながら、ぼくは認定票を懐に仕舞いつつ言う。

「まあでも、しばらくは使い道なんてなさそうだな」

肩書きがあっても、見せつける相手がいなければ仕方ない。

ラカナではいろいろあったおかげで、すでにほとんどの住民がぼくのことを知っているし、当面は別の街へ向かう予定もなかった。

しかし、アミュはきょとんとして言う。

「別に、有効活用しようと思えばできるわよ。たしかここのギルドにも掲示板があったはずだし」

「ん……？　どういうことだ？」

「依頼を受けるってこと」

「依頼？」

「知らない？　ダンジョンが近くにたくさんあるラカナはともかく、余所の街ならこっちを専門にする冒険者も多いんだけど」

そう言うと、アミュは立ち上がった。

「せっかくだから、ちょっと見に行ってみる？」

◆◆◆

アミュに連れられてやってきたのは、ギルドの片隅に掲げられた、古びた大きな掲示板の前だった。

ところどころに、何やら書かれた茶色い紙がぽつぽつとピン留めされている。

「ギルドには依頼を出すこともできるのよ」

アミュが説明する。

「それがこうやって貼り出されるから、冒険者は気に入った依頼があれば受注して、達成したらギルドから報酬を受け取るの。失敗したら銅貨一枚ももらえないけどね」

「へぇ。こんな場所があること自体知らなかったな」

「ラカナで依頼を受ける冒険者は、そんなにいないでしょうね。近くに大きなダンジョンがあるなら、そっちでモンスターを倒して素材を取る方が儲かるから」

　どうりで、今まで誰かから掲示板の話は聞いたことがなかったわけだ。

　アミュが続ける。

「ダンジョンは自然のものだから、ギルドで立ち入りの制限でもしていない限りは誰でも潜れるけど、依頼は等級が高くないと受けられないことも多いわ。報酬がいいものだと特にね。ラカナにいれば等級はあまり気にしなくてもいいけど、余所の街だと生活に直結したりもするわね」

「じゃ、五級ってどうなの。アミュ」

　メイベルが訊ねると、アミュは少し悩んで答える。

「うーん、普通くらいね。選ばなければ仕事に困ることはないわ」

「そう」

「ね、依頼ってどんなのがあるの？」

「なんでもあるわよ。本当になんでも」

　イーファの質問に、アミュが思い出すように答えていく。

「簡単なのだと、薬草を取ってくるとか、鉱石を取ってくるとか。他には商隊の護衛とか、変わったところでは失《う》せ物探しとかもあるわね。冒険者への報酬とギルドへの掲載料を用意しないといけないから、あんまり安い仕事にはならないけど」

「そうか……そういえば地下水道のスライム退治を駆け出しの冒険者がよくやっていると言うけど、あれも街の参事会からの依頼になるのか」

「そうね。他には……学園の入学式でデーモンが出た後、しばらく警備のために冒険者がうろついてたじゃない？　あれも学園が、ロドネアの支部に依頼を出して雇ってたんだと思うわよ」

なるほど。意外とこれまでにも関わりがあったわけか。

アミュが続けて言う。

「でも、多いのはやっぱりモンスター退治の依頼ね」

「素材を取ってきてほしいってことか？」

「それもあるけど、単に村や街道の近くに出て危ないとか、森のモンスターを定期的に減らしてほしいってのも多いわね。そういうのは、村や街の代表が依頼してくるわ」

「ふうん」

「ここには……」

アミュが掲示板に貼られた紙を眺めていく。

「あんまり、普通の依頼はないみたいね。近くのモンスターは冒険者が倒しちゃうし、薬草も鉱石も、頼まれなくても取ってきて売りに出しちゃうからかしら。あるのは遠方の、報酬が高い依頼ばっかり。この辺は全部、余所の支部に出された依頼の写しね。達成が難しい依頼は、他の街でも掲載されることがあるから」

「どれどれ……」

ぼくも依頼の書かれた紙に目をやる。

確かに、どれも遠い場所の依頼ばかりだった。馬車で行くような距離だ。報酬も高いが、その分難易度の高そうな内容が多い。

「この、五級以上とか四級以上とか書いてあるのが、依頼を受けられる資格か」

「そうよ。受ける人が条件を満たしてないと、ギルドから詳しい依頼内容を聞けないことになってるのよ」

「人数とか、パーティーメンバーの等級は問わないのか？」

「依頼を受けてから人を集めたりもするから、普通はギルドもそこまで口を出してこないわね。でも、冒険者はだいたい同じくらいの等級同士で固まるものよ」

「まあそうだろうな」

「ねぇねぇ」

その時、イーファが掲示板を指さしながら、いいことを思いついたような顔で言った。

「わたしたちで、どれか一つ受けてみるの、どうかな……！」

「ん。やってみたい」

と、メイベルもうなずく。

イーファもメイベルも、こう見えて意外と行動的なところがある。スタンピード以降はダンジョンへ行くこともなくずっとラカナに籠もりきりだったから、退屈しているのかもしれない。

ただ、ぼくは当然に難色を示す。

「ラカナから離れるのか……」

ここのところ何もなさすぎて忘れそうになるが、ぼくらは帝城を破壊して逃げてきた罪人の身なのだ。

まあぼくらはというか、帝城を破壊したのはぼくで、逃げてるのはアミュだけなんだけど……せっかくフィオナが用意してくれた亡命の地から離れるというのは、いくら何でも平和ボケしすぎている気もする。

二人には申し訳ないが、やめておくべきだろう。

「ねぇ、あんたそういえば、フィオナから手紙をもらってたわよね」

反対だと言う前に、アミュがそんなことを訊いてきた。

「ああ、もらったけど」

「そこに、その……追っ手のこととか、書いてあった？」

少し不安そうな表情で訊ねるアミュ。

一瞬面食らった後、ぼくは素直に答える。

「いや。そういうのはなかったな」

「そう」

ほっとしたように呟いてから、アミュが笑って言う。

「じゃあ、大丈夫じゃないかしら。あたしも、そろそろまた冒険に出てみたいわ」

その言葉に、ぼくは考え込む。

なるほど。宮廷や有力者の間でそのような動きがあれば、当然フィオナもそれを伝えようとしてくるはずか。まったく触れてもいないなら……少なくともフィオナが感知できるような動きは、今のところないことになる。

それなら、少しくらい平気か。

「……そうだな。あまり遠すぎない場所の依頼なら、受けてみてもいいか」

ぼくがそう言うと、イーファが顔を明るくする。

「やった！　どれにしよっかぁ、メイベルちゃん」

「ん……」

掲示板の紙を見比べてああでもないこうでもないと言い出した彼女らを、ぼくは一歩後ろから眺める。

「実はここにある依頼なら、ほとんどどれでも受けられるのよね。セイカが一級だから」

「じゃあ、これ？」

と言って、メイベルが掲示板の左上隅に貼られている色褪《あ》せた紙を指さした。

そちらに目をやる。

「依頼内容は……『冥鉱山脈に棲む、ヒュドラの討伐』、って」

なかなか重たいのきたな。ヒュドラと言えば、亜竜の中でもかなり剣呑《けんのん》な種だ。

しかも距離はともかく、結構な秘境ときている。

「これが一番、報酬が高い」

「わ、ほんとだ……受注資格、二級以上の冒険者だって。でもセイカくんなら受けられちゃうんだね……」

「えー、ダメよこんなの」

アミュが顔をしかめて反対する。

「あたしたちの手に負えないわ」

「うん、そうだよね……」

「言ってみただけ」

「え、別にいいんじゃないか？　倒そうと思えば倒せるぞ」

前なら目立つからと避けていただろうが、化け物ワームを倒してスタンピードを収めてしまった以上、亜竜の一匹や二匹を追加で討伐したところでもう関係ない。

だが、アミュは怒ったように言う。

「ヒュドラをぶっ飛ばして死骸を街に運ぶまで、全部あんた一人でやることになるじゃない。あたしたちはなにするのよ？　ついていくだけ？」

「あー、確かに……」

「そうだよセイカくん。みんなでできる依頼にしないと」

「セイカは回復職《ヒーラー》だって、前に決めた」

そういえば、そんな取り決めだった。

このパーティーで、ぼくは回復職《ヒーラー》兼運搬職《ポーター》なのだ。戦闘は彼女らに任せられるような依頼でないとダメか。

掲示板を前に話し出す三人を、ぼくは黙って見つめる。

「人とは不思議なものでございます」

ふと、耳元でユキがささやいた。

「世界は違えど……人の子は皆、ひとりでにセイカさまの手から離れていこうとするのでございますね。滅ぶことのない、大きな力に庇護《ひご》されていながら、それに頼ることなく、自分の力でこの酷な世を生きようとする……ユキには、理解できぬことでございます」

「……」

きっとユキは、前世の弟子たちのことを思い出しているのだろう。

ぼくが面倒を見ていた弟子たちは、最終的には皆、ぼくの屋敷から巣立っていった。彼、彼女らは様々な一生を送ったが、一人の例外もなく、終生まで面倒を見てくれと言ってきた者はいなかった。

親元から離れようとするのは、人の本能だ。

たとえ寿命を超越し、常ならざる力を持っていたぼくに対しても、それは変わらないらしい。

だけどそれは、たぶん正しいのだ。

ユキにも聞こえるかわからないくらいの声量で、ぼくは呟く。

「滅びのない存在などないさ」

現にかの世界で、ぼくは倒されてしまった。

永遠の命を手にし、神すらも恐れさせた大陰陽師でさえ、滅びの定めからは逃れられなかった。

いつまでもぼくの力に頼れないと悟っているからこそ、あの子らも自分の力で生きていこうとするのだろう。

それはもう、明察と言うほかない。

「あ、これなんかどうかな？」

その時、イーファが一枚の紙を指さした。

皆と一緒に、ぼくも近寄ってそれを覗き込む。

「なになに……『アルミラージの討伐：五十匹』、か」

アルミラージとは、頭に角の生えた兎のモンスターだ。

兎のくせに凶暴で、人間を見ると襲ってくる性質がある。

「わ、報酬高っ。場所は……ケルツの近くの森みたいね。これならそんなに遠くないわ」

「どこ、それ」

「ここから北の方にある、けっこう大きな街よ。馬車で三日くらいの」

「受注資格、五級以上だって。わたしたちでも大丈夫そうだね」

「こんなのでいいのか？」

ぼくは思わず口を挟む。

アルミラージは決して雑魚ではないが、とはいえ強敵とも言えないモンスターだ。

五十匹はなかなかの数だが、上位モンスターでも倒せるこの子らには物足りない依頼に思える。

「近場でももっと歯ごたえのありそうなやつがあるぞ。このヒュージボアの討伐とか、イビルトレントの討伐とか……そっちの、朱金草《しゅきんそう》の採取っていうのもおもしろいかもしれない。かなり希少な薬草みたいだ」

「えー、大変そうだよ」

「気分じゃない」

「お金には困ってないんだし、慣れない土地なんだから簡単な依頼でいいわよ。適当に角ウサギ狩って、あとはケルツでゆっくりして帰りましょ」

全員から反対されてしまった。

どうやらこの子らとしては、そこまで本気で冒険に行くつもりではなかったらしい。

しかしぼくは、依頼用紙を指さして言う。

「でもこの依頼、六人以上推奨って書いてあるぞ」

「ああそれは、あんまり気にしなくていいわ」

アミュが大したことないように言う。

「こういうのはギルドの職員が決めてるんだけど、実際に冒険者やったことのある人は少ないから、正直あてにならないのよ。それより依頼内容を見て、自分で考えるべきね」

「ふうん。この依頼は四人で大丈夫なのか？」

「大丈夫じゃない？　アルミラージだし、危険はないわ。五十匹は多いけど、きっと一日で終わるわよ」

「それなら、まあいいか」

彼女らが言い出したことだし、任せてみよう。

「アミュちゃん。この依頼をどうすればいいの？」

「これはケルツの支部に来た依頼だから、ここだと正式に受けられないのよね。だから……」

アミュが今後の流れを説明していく。

こうしてぼくたちは、一つの依頼を受けることとなった。

其の二 chapter I

『何年かに一度、街の近くの森でアルミラージが大量発生するんだ。森から出てくることは滅多にないんだけど、たまに行商人の馬車が襲われる。あいつら強いやつからは逃げるくせに、弱いやつにはすぐ襲いかかってくるから……。おかげで商品が入ってこなくなって、こっちは商売あがったりだよ！　だから冒険者さん、森であの角ウサギを五十匹ばかり狩ってきてくれないか？　お礼は弾むからさ！』

ケルツの商工組合からギルドへ依頼された内容は、こんな感じのものだった。

ずいぶん特徴的な文面だ。たとえ手紙でも、文章をここまで口語調で書いている例は見たことがない。冒険者への依頼というのは、独特の文化があるようだった。

「セイカくん、それまだ見てるの？」

「え？　ああ、いや」

隣に座るイーファの声に、ぼくは依頼用紙を写した紙を折りたたんで衣嚢《ポケット》に仕舞う。正面に座るアミュとメイベルは、すうすうと寝息を立てていた。

ラカナを発ち、三日。ぼくたちを乗せた馬車は、無事ケルツの近郊にまで差し掛かっていた。

この分だと、日暮れ前には街へたどり着けそうだ。

イーファに答える。

「依頼の内容を間違えたら大変だからな。念のため確認しておこうと思って」

「えー、大丈夫だよ」

イーファが楽観的に言う。

「街へ入ったら、みんなで一度ギルドの支部に行くんでしょ？　その時にも詳しい話を聞けるんだから」

一応、ケルツへ入ってからはそのような予定になっていた。

余所の支部の依頼は、たとえ掲示板には貼られていてもその街に行かないと受けられない。アルミラージの出る森は街の外にあるが、否応なく一度入城する必要があった。

「ケルツってどんな街かなぁ」

「……イーファ、なんだか楽しそうだな」

「うん、楽しいよ」

イーファが笑顔でうなずく。

「だって、お屋敷を出て、ロドネアでしょ？　帝都でしょ？　アスティリアに、ラカナ。それからケルツ……行商人でもないのに、こんなにいろんな街へ行けることって、普通ないよ。これって、すごく幸運なことなんだと思う」

「そう……だな。そうかもしれない」

もしもイーファがランプローグ家の奴隷ではなく、普通の農民の娘として生まれていたなら、生まれ育った村を出ることは一生なかっただろう。

精霊が見える目を持て余したまま、嫁ぎ、子を育てて、その生涯を終えたはずだ。

もちろん、そんな静かな生を望む者もいる。むしろ多くがそうだろう。

だけど、イーファがそうでないのなら……あの日、連れ出そうと決めてよかったのかもしれない。たとえこうして、逃亡生活に付き合わせることになったとしても。

ぼくは小さく笑って言う。

「ケルツは、聞いたところによるとけっこう大きな街だそうだ。城壁の外に広がる大農園で農産物も作っているけど、基本的には商業都市だな。だから、おもしろいものも多いと思うよ」

「そうなんだぁ、楽しみ」

「たまに大雪が降るそうだから、住むには苦労しそうな街だけどね。それと…………いや」

「……？　どうしたのセイカくん」

「なんでもない。そうそう、近くにダンジョンもあるおかげで、冒険者が多いそうなんだ。その分ギルドの支部も大きいだろうから、いろいろ話を聞いてみてもいいかもしれないな」

「そっかぁ。ラカナの支部みたいに、ご飯食べるところもあるのかなぁ」

弾んだ調子で言うイーファを横目に、ぼくは小さく息を吐く。

まれな大雪以外にも、ケルツには懸念するところがあった。

帝国の北方に位置するケルツは――――比較的、魔族領に近い街だ。

もちろん、帝国軍が駐留するような国境付近の辺境ではない。ただ、これまでで一番、ぼくたちは魔族領に近づくことになる。

別に、危険はないだろう。

魔族領に近いとはいえ、帝国の大都市だ。まさかその辺に魔族が出るなんてことがあるわけもない。

しかし……どうも、妙な予感がした。

◆◆◆

「よーし！　アルミラージ狩りを始めるわよー！」

寒さが残る春朝の森に、アミュの溌剌《はつらつ》とした声が響き渡る。

あの後、ぼくらの馬車は予定通りにケルツへ到着した。

馬車を降りたぼくたちはその足でギルドの支部へ向かうと、そのまま受付へ直行し、アミュが持つ認定票で例の依頼を受注すると申し出た。

受付の職員は、五級という受注下限ギリギリの冒険者がたった四人で来たことに微妙な顔をしていたが、結局は受注を認め、森の具体的な場所と、討伐数の証明方法を教えてくれた。どうやらアルミラージの頭に生えている角を五十本、持って帰ることが達成要件となるらしい。この角は報酬とは別に買い取ってくれるそうなので、なかなか美味しい依頼だ。

森は、帝国の街道からほど近い場所にあった。

どうやら深い森を切り開いて無理矢理街道を通したようで、そのせいで獣やモンスターの被害がたまにあるそうだ。そのため、年間を通して似たような依頼を出し、危険な生き物が街道に近づかないようにしているらしい。

昨日の今日で森へとやって来たわけだが、皆疲れも見せず元気そうだ。

ただ、ぼくは言う。

「それにしても、寒いな」

春も近いとはいえ、木陰には微かに雪も残っている。

早朝ともなれば、なかなか冷え込みがきつい。

しかし、アミュは得意そうに言う。

「ふふん、回復職《ヒーラー》のお貴族様はひ弱ね。剣士はこれくらいなんともないわ。でしょ？　メイベル」

「平気」

言葉通り、前衛二人はこの寒い中平然としていた。しかも薄着のまま。見ているだけで寒くなる。

ぼくがおかしいのかと思ったが、隣を見るとイーファが寒そうにしていたので、たぶんおかしいのはこの二人の方だ。

まあそれはともかく、ぼくは言う。

「……で、どうする。アルミラージを見つけるまで、適当に歩き回るか？」

「その必要はないみたいね」

アミュが目を向ける方向を見ると……そこには、茶と白の毛並みがまだらになった、一匹の兎がいた。

その額には、イッカクのような角が一本生えている。

あれがアルミラージか。

普通の野兎とは雰囲気がだいぶ異なる。やや顔の正面についた目でぼくらを見据える様は、草食獣よりは狼や熊のそれに似ていた。

何の前触れもなく――アルミラージが地を蹴った。

その角を前に向け、真っ直ぐアミュの方へ突っ込んでくる。

「あはは っ、来た来た」

飛矢のような突進を、アミュは杖剣の細い剣身で弾いた。刃が打ち合わされたような、硬質な音が森に響き渡る。

刺突のような攻撃は受けづらいのに、上手いもんだ。

地へ降り立ち体勢を立て直したアルミラージは、すぐに自身の後ろに回り込もうとしていたメイベルに気づき、すばやく振り返る。

「投剣は当たらないわよっ、メイベル！」

「わかってる」

と言いつつ、メイベルは数本の投剣をまとめて放つ。

余裕そうに避けるアルミラージだったが、それで完全に怒り狂ったようで、その角をはっきりとメイベルへと向けた。

メイベルの両手には、今日は簡単な籠手《こて》が嵌められている。

なんとなくだが……ぼくにはメイベルが、それでアルミラージをぶん殴ろうとしているように見えた。

いつもの戦斧を背負ってはいるものの、すばしこい相手に当てるのは最初から諦めているのか、手に取る様子はない。

たぶん、一番小回りの利く格闘戦で挑むつもりなのだろう。

アルミラージが再び地を蹴って、メイベルへと駆け出し――、

「……あ」

すぐに九十度方向を変えると、森の奥へと走り去っていった。

「ええっ、逃げちゃうよ⁉」

イーファが慌てたように風の刃を生み出すが、木々や地面を抉るばかりで、逃げる兎型モンスターには当たらない。

そうこうしているうちに、アルミラージは木立の陰に見えなくなってしまった。

「あー、逃げられたわね」

アミュが残念そうに言う。

「角ウサギって、敵わないとみるとすぐ逃げ出すのよね。そこまで強くないけど、これがあるからなかなか倒せないのよ」

「……なあ、アミュ」

ぼくは恐る恐る訊ねる。

「アルミラージって、そんなモンスターだったのか？　この調子で五十匹って……いつまでかかるんだ？」

「平気平気」

アミュが楽観的に言う。

「だって、大量発生してるんでしょ？　慣れたらきっとすぐよ」

◆　◆　◆

それから五刻（※二時間半）ほど歩き回って……ぼくらが討伐できたアルミラージは、未だに三体だけだった。

「み、見つからない……」

ぐったりとしたアミュが、歩きながら弱音を吐く。

弱音の通り、大量発生しているはずのアルミラージはなかなか見つからなかった。たまに遭遇戦になっても、気を抜いているとすぐ逃げられてしまう。おかげで滅多に倒せない。

ぼくは言う。

「いなくはないな。ただ、出くわす前に逃げられてるみたいだ」

式神の目で見ている限りでは、確かにけっこうな数のアルミラージがいる。だがこちらが見つけるよりも先にぼくらの気配を感じ取って、その場から離れているようだった。

「推奨人数が六人以上になってた理由が、わかった」

　メイベルも、若干疲れたような声音で言う。

「これは、大人数で追い込むようにしないと、無理」

「……だ、そうだ。アミュ」

「うっさいわね！　今さら言ってもしょうがないでしょ!?」

　と、アミュが怒る。

　まあこの展開はぼくも予想していなかった。

「大量発生って言うから、てっきり群れで出てくると思ったんだけどなぁ」

「角ウサギは基本、出てくる時は一匹よ」

　うんざりしてくる。だんだんやめたくなってきた。

　なんとなく、この依頼の意図も透けて見える。

　正直、大量発生しているモンスターを五十匹倒したところで、それほど意味はないだろうと思っていた。母数はもっと膨大だろうから、多額の報酬に見合うだけの効果が見込めないと。

　だが、アルミラージが強敵から逃げる習性があるなら話は別だ。腕の立つ冒険者でも討伐に時間がかかり、何度も森へ行く羽目になる。そのたびにアルミラージは森の奥へ逃げ、倒されなかった個体も人の生活圏からは遠ざかる。ぼくのようにうんざりして途中で諦めてくれれば最高だ。報酬を支払わずに済むんだから。

　街の商人なんて行商人に比べればぼんやりしていると思っていたが、なかなかずる賢い。

「おっかしいわね……」

アミュが渋い顔で呟く。

「昔は、ここまでアルミラージに逃げられることなんてなかったのに……」

「君も強くなってるってことじゃないか？」

「うーん……それより、あんたが変なオーラ出してるんじゃないの？」

「出してない……とは言い切れないけど、そこまで勘の良いモンスターじゃないだろ。たぶん」

そんなやり取りをしながら森を歩いていた――――その時。

ぼくはふと足を止め、目を森の奥へと向けた。

「あ、あれ？　なんだか精霊が……」

困惑したように、イーファがきょろきょろと周囲を見回す。

すぐに力の流れが見える方へ式神のメジロを飛ばす。

そして……見つけた。

「……ここからずっと先で、冒険者のような格好のやつが二人、モンスターと戦ってる。あれは……なんだ？　アストラルのようだけど、青白い襤褸《ぼろ》が飛んでいるような見た目だ。氷の魔法を使っているように見える」

「それ……フロストレイスじゃない？」

アミュが硬い声で言う。

「かなり面倒な上位モンスターよ」

「そうか、あれが……」

レイスは、アストラル系の中でも強力な方のモンスターだ。

フロストレイスは、その中でも水属性の魔法を使うやつだったと記憶している。

「四、五体いるな」

「そ、そんなに？」

「苦戦しているようだ……どうする？」

ぼくは三人に問う。

「加勢するか？　それとも、巻き込まれないよう静観するか？」

ここがラカナで、苦境に陥っているのが見知った冒険者だったなら、迷わず助けに入っただろう。

だが、ここは馴染みのない土地だ。よかれと思ってした行動でも、どんな事態を招くかわからない。アストラル系モンスターの性質にも、あまり明るくない。

それに……あの二人組の方も、少々厄介そうだ。

「そんなの、助けるに決まってるじゃない！」

だがアミュは、わずかな迷いもなくそう言った。

「ダンジョンで会った冒険者は助け合うものなのよ！」

「行こう。セイカ」

「セイカくん……わたしも、助けに行きたい」

ぼくは一瞬沈黙した後、うなずいた。

「わかった。ここから真北だ」

「急ぐわよ！」

全員で、森を北へ向かって駆け出す。

走りながら……ぼくはなんて意味のないことをしたんだろうと、馬鹿馬鹿しい気持ちになった。

この子らに訊けば、助けると言い出すに決まっていたのに。

そして――――木立の間に、彼らの姿が映った。

冒険者用の外套を纏った二人組。どちらもフードを被っているせいで、人相はわからない。

だが体格からして、前衛が男、後衛が女だろう。

男の方は武闘家のようだ。武器は持たず、青白いレイス相手に拳を振るっている。しかし霊体相手にはやはり分が悪い様子で、フロストレイスは一瞬散るもすぐに再生し、氷礫《ひょうれき》を浴びせている。

女の方は、弓を背負っているからおそらく弓手なのだろうが、今は短剣を握っていた。短剣はどうやら魔道具らしく、振るうたびに薄青い光が舞っているものの、同じ水属性であるせいかフロストレイスには効果が薄いように見える。

氷のレイスの集団は、宙を縦横に飛び回りながら二人へとどめを刺す機会をうかがっている。数でも相性でも不利な状況で、しかしこうまで持ちこたえているのだから、かなり実力のある連中なのかもしれない。

「大丈夫っ⁉　加勢するわ！」

アミュが叫ぶと、二人組がぎょっとしたようにこちらへ顔を向けた。

やはり、若い男と女の二人組だ。

どちらも精悍な顔つきだが……肌色は、まるで死人かと思うほどに白い。

まあこの二人のことは後で考えるとして、まずはレイス退治だ。

ぼくはふと思いつき、口を開く。

「なあ。今は冒険じゃなく人助けだから、ぼくが手を出してもかまわないか？」

「っ⁉」

駆け出そうとしていたアミュが、たたらを踏んで振り返った。

「ダ、ダメなわけないでしょ！　やるならさっさとやりなさいよ！」

「わかった」

そう言うだろうと思い、ぼくはすでにヒトガタを浮かべていた。

《召命――餓者髑髏《がしゃどくろ》》

空間の歪みから現れたのは――身の丈三丈（※約九メートル）を超える、巨大な骸骨だった。

人骨の姿をした妖《あやかし》は、周囲に人魂《ひとだま》を漂わせながら、ゆっくりと歩みを進める。

そして、飛び回るフロストレイスへその虚ろな眼窩《がんか》を向けると……白骨の手を伸ばしてむんずと掴み、そのままがつがつと喰い散らかし始めた。

「……⁉」

「な……」

二人組は呆気にとられた様子で、その地獄のような光景を眺めている。

残りのレイスたちは、愕然としたように一瞬動きを止めたが……すぐに魔法で氷柱《ひょうちゅう》や氷風を生み出し、巨大な骸骨を攻撃し始めた。

しかし全身が硬い骨でできているせいか、餓者髑髏《がしゃどくろ》が意に介す様子もない。

近づきすぎた他のレイスを、空いている方の手で捕まえる。青白い霊が激しく暴れるも、かまわず頭からかぶりついた。霊体が食いちぎられる音も、咀嚼《そしゃく》音もなく、ただカタカタと剥き出しの歯が打ち合わされる音だけが森に響き渡る。

「うへぇ……」

髪の中で、ユキが気味悪そうな声を出す。

「あの、セイカさま。なぜに餓者髑髏《がしゃどくろ》を……？　怨霊の類ならば、いくらでも封じようがありますでしょうに」

「ちょっと、こいつがレイスを取り込めるかどうか試したかったんだ」

餓者髑髏《がしゃどくろ》は、野晒しで死んだ人間の怨念が集まり、骸骨の姿をとった妖《あやかし》だ。

その成り立ちのためか、霊魂などを吸収して力を増す性質がある。

ちょうどいい機会だったから、こちらのアストラル系のモンスターも取り込めるのかどうか確かめたかったのだが……、

「はぁ、一応、取り込めているようではございますが……」

「魂を吸収しているというより、完全に人間を喰う時の動きをしているな」

霊魂を取り込む時は、あんな食べるような動作はしなかったはずだ。力の流れを見ても、かなり取りこぼしが多いように見える。

ただ周りの人間には目もくれず真っ直ぐレイスへ向かったことから、人よりは好んでいるようだ。モンスターとはいえ、やはりレイスは怨霊に近い性質を持っているのだろう。

残りのフロストレイスは、すでに方々《ほうぼう》へと逃げ去っていた。

扉のヒトガタで餓者髑髏《がしゃどくろ》を位相に戻すと、未だ呆然と立ち尽くしている二人組に顔を向けて告げる。

「怪我はなさそうだな。だけど、体は冷えているだろう。暖でもとるか」

◆　◆　◆

ヒトガタで囲んだ森の一角は、まるで暖炉の前のように暖まっていた。

ぼくたちのパーティーに件《くだん》の二人組を加えた六人が、その中に円座で腰を下ろしている。

「ふわぁ、あったかい……」

「眠くなってきた」

「あんたがいると便利ねー」

女性陣が脱力しきった声で言っている。

寒くないと言っていたはずのアミュとメイベルも、やっぱり本当は寒かったようで、幸せそうな顔をしていた。

「……不思議な魔法」

二人組のうち、女が言った。

外套のフードは被ったままだが、黒髪黒目に驚くほど白い肌、その怜悧《れいり》な顔立ちがここからでもわかる。見た目は十七、八ほどだが……実際の年齢は推し量れない。

女は、先ほど作ってやった白湯の杯を両手で持ちながら、ぽつぽつと呟く。

「炎も日の光もないのに暖かい。これは何なの？」

「これも光だ。周りに浮かべている呪符から放っている。炎にも、日の光にも混じっているものだが、目には見えない」

「目に見えないのに、どうしてあなたはそれがあることを知っているの？」

「いい質問だな」

なかなか答え甲斐がある問いだった。

「大昔、虹の外側にも見えない色があるんじゃないかと考えた人間がいた。そこで虹の赤の外側に雪の塊を置いてみたところ、そうでない場所に置いた時と比べ、わずかに早く溶けることがわかった。この赤の外側にある、熱を運ぶ光が赤外線だ。他にも蛇が持つ第三の眼を通して見るという方法もあるな」

「……空に物は置けないし、人は蛇の眼を持っていないわ」

「そこは工夫次第だ」

「…………。あなたは」

女が、ややためらいがちに訊く。

「それを……最初からできたわけではないの？」

「……え？　最初？」

解釈に困る質問に、ぼくは呆けた声を返してしまう。

「いや……普通に、学んで習得したものだけど」

「…………。それなら……いえ、なんでもないわ」

そう言ったきり、女は黙り込んでしまった。

やっぱりよくわからない。

男の方をちらと見るが、会話に入る気はないのか、顔を伏せたまま沈黙を保っている。

こちらは大柄で、女よりも四、五ばかり年上に見えるが、やはり実年齢は不明だ。

どういう関係だろう、と考える。

恋人や夫婦には見えない。おそらくは同じところから来たのだろうが、血縁とも思えない。

しいて言うならば――――主従、だろうか。

弓を持つ女は冒険者にしては立ち居振る舞いに品があり、一方で武闘家の男は口数が少なく、無骨な印象を受ける。

どこか、立場の違いを感じさせるところがあった。

「で、でも……よかったですね。怪我がなくて」

イーファが愛想笑いと共に恐る恐る言うが、二人組は沈黙を保ったまま。

微妙に気まずい空気になるも、アミュは構わず話しかける。

「それにしてもあんたたち、フロストレイスなんてどこから引っ張ってきたのよ。この森ってあんなのが出るの？」

「……この森のずっと奥に、ダンジョンになっている洞窟がある」

女が答えないのを見計らったように、男が口を開いた。

容貌に見合う、低い声だ。

「比較的、手強いモンスターが棲んでいる。そこで遭遇し、追われた」

最低限の事実だけを伝えるような話し方だった。

アミュは足を投げ出し、気を抜いたように言う。

「ふうん、災難だったわね。依頼？　それとも、素材やダンジョンドロップ狙い？」

「……後者だ」

「そう。あたしたちは依頼でアルミラージを追ってたところだったんだけど、これが全然見つからないのよね。まんまと面倒な依頼掴まされちゃったわ」

「……」

「で、どうする？　あたしたちはもう少し続ける予定だったけど、せっかくだから一緒にケルツへ戻る？　あんたたちも消耗してるみたいだし、途中で野盗に出くわさないとも限らないわ。もしそれで荷でも奪われたら……」

「見くびらないでちょうだい」

その時、女がアミュを遮るように、睨んで言った。

「人間の野盗ごときに、私たちは後《おく》れを取らない」

「……あっそ」

そっけなくそう言うと、アミュは立ち上がる。

「じゃ、ここでお別れね。行きましょ、みんな」

「えっ、アミュちゃん、もう行くの……?」

「ええ」

アミュは鼻を鳴らして言う。

「冒険者は深入りしないものよ。たった二人で、ろくに下調べもせずダンジョンに潜るような訳ありの、それも礼の言葉も知らないような連中に、これ以上関わる理由はないわ」

「ん……わかった」

メイベルが、少し迷った後に立ち上がった。続いてイーファも、仕方ないといった風に腰を上げる。

「ほら、セイカも。呪符片付けなさいよ」

「……ああ、そうだな」

確かに、アミュの言うことにも一理ある。

こちらから積極的に関わる理由はない。

そう思って立ち上がろうとした時――――、

「待って」

女が、そんな言葉を放った。

やや不本意そうではあるものの、ぽつぽつと話す。

「そんなつもりではなかったの。気分を悪くしたのなら謝るわ……ごめんなさい」

そしてぼくの方を向き、小さく付け加える。

「それから、助けてくれてありがとう」

「……」

仏頂面をしたアミュが、無言で腰を下ろした。

それを見たイーファとメイベルは顔を見合わせると、二人で再び座り直す。

沈黙の中、ぼくは口を開く。

「アミュはまだ続けるつもりだったようだけど……ぼくはもう、正直アルミラージ狩りにはうんざりしていたところだ。そろそろ街へ戻りたい。もしまだぼくらに用があるなら、早くしてくれないか」

「……あなたに頼みがあるの」

女はぼくを真っ直ぐ見据え、告げる。

「私たちの仲間を、助けてほしい」

「……！　おい！」

女の言葉を聞いた男が、焦りを含んだ声で言った。

女は、男の方へ視線を送って答える。

「わかってる。大丈夫」

「……」

男が押し黙る。

やはり、決定権は女の方が握っているように見えた。

ぼくは間を置いて訊ねる。

「仲間を助けてほしいとは、どういうことだ？」

「順番に説明するわ」

女が静かに話し始める。

「まだ名前を言っていなかったわね。私はルルム。こっちはノズロ。同じ辺境の村の出で、流れの冒険者をしているわ」

ルルムと名乗った女が、一瞬ノズロと呼んだ男を横目で見て、続ける。

「私たちは、ケルツの商人に捕らえられている、同郷の者たちを助けたいの」

「商人に捕らえられて……？」

「奴隷よ」

ルルムが沈痛な面持ちで言う。

「仲間たちは今、奴隷として捕まっているの」

「……奴隷には普通、親に売られるか、借金が返せなくなったか、罪を犯してなるものだが……」

「もちろん、どれでもないわ。詳しい経緯はわからないけれど……きっと、みんな人攫《さら》いにあったのよ。それ以外考えられない」

ルルムは淡々と続ける。

「今はケルツにある倉庫に閉じ込められてる。私たちは一人でも多く買い戻してあげたくて、高く売れるモンスターを狩るためにダンジョンへ潜っていたの」

「……」

「たいていのモンスターは私たちの相手にもならないのだけれど、フロストレイスはとにかく相性が悪くて、危ないところだった……。助けてくれたことには、本当に感謝しているわ」

「……それで」

逸れかけた話題を戻すように、ぼくは問いを投げかける。

「君はぼくらに、何を求めているんだ？」

ルルムが、意を決したように告げる。

「一緒に……ケルツの奴隷商から、私たちの仲間を助け出してほしい」

「助け出すって、どうやって？」

「あなたほどの召喚士《サモナー》なら、あの商人の護衛にも絶対に勝てるわ。街の警邏《けいら》だって振り切れる」

「……」

はっきりとは言わなかったが……それは明らかに、武力での奪還を示唆《しさ》していた。

まるで言い訳をするように、ルルムは続ける。

「私たちの仲間は、その、高く売られるみたいなの。実際のところ、モンスターを狩る程度では到底必要なお金を貯められないし、それ以前に私たちのような流れの冒険者では、客として取り次いでももらえない……。そう遠くないうちに、仲間たちは帝都まで連れて行かれる。そうなったらもう、助け出す機会はなくなってしまう」

ルルムが、身を乗り出すようにして言う。

「もちろん、私たちができる限りのお礼はさせてもらうつもりよ。だから……」

「何を言ってるんだ」

ぼくはルルムの話を遮り、目を眇《すが》めて言った。

「そんなことに、手を貸せるわけがないだろ」

ルルムが目を見開き、唇を引き結ぶ。

ぼくは続ける。

「帝国で奴隷売買は合法だ。真っ当に商売しているだけの商人を襲って、商品を奪うだって？強盗だぞ。そんなことに協力なんてできるか」

「こ……この国では、人攫いも認められてるって言うの⁉」

「そっちは違法だな。帝国や、その属国で行われているのなら」

「……」

「君の仲間とやらが不法に奴隷に落とされたと言うのなら、そのことをケルツの領主に告発すればいい。それが真っ当なやり方だ。良識ある領主ならなんとかしてくれるだろう。不当な奴隷であることを証明できれば、だが」

「っ……」

「門前払いされるようなら、帝都で弁護人を雇い、裁判を起こすこともできる。奴隷を買い戻すよりは安く上がるんじゃないか？　もちろん、勝てなければ仕方ないが」

「……」

ルルムは唇をひき結び、うつむいたまま何も言わない。

ぼくはふと思い出して言う。

「そういえば、できる限りの礼をすると言っていたが……金もない君らが、いったい何をくれるつもりだったんだ？」

「……価値のあるものならちゃんと持ってるわ」

ルルムは懐から小袋を取り出すと、掌の上で逆さにして振る。

中から出てきたのは――見事な金細工や、いくつもの宝石だった。

それらを、こちらへ差し出してみせる。

「これだけじゃない。仲間を助けてくれるなら、もっと支払ってもいい」

ぼくは、その金品を冷めた気持ちで眺める。

「あいにく、金には困っていないんでね。それより、素人目にも高価なものに見えるが、これを換金できれば仲間の何人かは買い戻せるんじゃないのか？」

「……」

「まあだいぶ高額になるだろうから、入手先や君らの身分は多少訊かれるだろうけど」

「……訳あって、私たちには換金が難しいの。だから、現物で受け取ってもらうしかない」

ルルムは、縋《すが》るような調子で言い募《つの》る。

「お願い。流れの冒険者の身分しかない私たちは、領主にも帝国法にも頼りづらい。だけど……どうしても助けたいの。だから、力に頼るしかない」

「……」

「仲間たちは何も悪いことはしていないわ。それなのに、こんな場所で奴隷として生きなければならないなんてあんまりじゃない。こんなの道理に反してる。あなたが、それをわかってくれるなら……」

「話にならないな」

ぼくは突き放すように言う。

「道理というなら、商品を奪われる商人の立場はどうなる。高く売れる奴隷なら、仕入れ値もそれなりにしたことだろう。すべて失えば破産するかもしれないが、それが道理と言えるか？」

「ひ、人攫いから奴隷を買うような商人なんて、自業自得じゃない！」

「商人には妻子だっているかもしれない。何の咎《とが》もない彼らが路頭に迷うことは、果たして道理なのか？」

「そんなの……っ」

「はっきり言う。君らの企みに与《くみ》するつもりはない。人の道理に照らせば、なおのことだ」

そして、ぼくは決裂の言葉を告げる。

「魔族に手を貸すなど、できるわけがない」

ルルムが目を見開き、息をのんだ。

同時に、ノズロの纏う気配の色が変わる。

「えっ……？」

「ど、どういうことよ……？」

メイベルとアミュは気づいていなかったようで、混乱したようにぼくと二人組とを見比べている。

「セ、セイカくん、あの、ええと……」

だがイーファの顔にだけは、戸惑いの色が浮かんでいた。

この様子だと、もしかしたら精霊の挙動か何かで見当がついていたのかもしれない。

ぼくは三人にはかまわず、ルルムとノズロと名乗る二人の魔族を見据えたまま口を開く。

「最初から、人にしては妙な力の流れだと思っていた。だが人間に化ける魔族というのは聞いたことがない。間近で話しても、姿形や仕草に違和感がない。となると――君らは、二人とも神魔《しんま》だな」

「っ……」

「……」

「元々人に見た目が近い種族なら、なるほど流れの冒険者を自称し、人間の国に忍び込むこともできるだろう。しかし確か、神魔は体に黒い線が走っていたはずだが……染料ででも隠しているのか？」

その時、ノズロの体がぶれた。

次に映ったのは――ぼくの間近にまで肉薄し、手刀を引き絞る大男の姿。

瞬きにも足らない、わずかな間だった。

おそらく尋常な人間相手なら、認識も許さないうちに息の根を止められていただろう。

しかし――その手刀が放たれることはなかった。

ノズロは一瞬視線を横に流し、動きを止めると、すぐさま両腕を頭上で交差させる。

そしてメイベルの、巨石が落ちたような戦斧の一撃を受け止めた。

轟音が森に響き渡る。

「き、貴様……っ」

「……む」

リビングメイルを真っ二つにするメイベルの一撃を、ノズロは受け止めていた。

簡単な篭手しか付けていないように見えたが、今の硬質な音からするに、腕部には鋼を仕込んであるのだろう。それでもメイベルの一撃を受け止めたとなると、武闘家として相当な実力があることがわかる。

　無表情にも見えるメイベルの顔にも、わずかに動揺の色があった。

「っ！　ノズロ！」

ルルムが叫んで立ち上がり、背中の弓を取った。

それを見たメイベルが、すぐにノズロから距離を取る。

ルルムが矢をつがえる。その鏃《やじり》には、力の流れが見える。

一方でメイベルも、すばやく腿《もも》の投剣に手を伸ばす。

そして、二つが放たれようとする瞬間――――、

「落ち着け」

巨大な白骨の掌が降り、両者の間を遮った。

ルルムとメイベルが、目を見開いて動きを止める。

白骨の手は、ぼくのヒトガタが作る空間の歪みから生えていた。

その奥には、餓者髑髏《がしゃどくろ》が纏う人魂《ひとだま》の微かな灯りと、巨大なしゃれこうべの眼窩《がんか》が見え隠れしている。

　ぼくは身構える神魔の二人から目を離し、メイベルに告げる。

「メイベル、ぼくなら大丈夫だ」

「で、でもっ」

「心配はいらない。だから、斧を下ろしなさい」

メイベルはまだ張り詰めた表情をしていたが、やがて戦斧を下ろした。

ぼくはふっと笑って言う。

「それにしても、さすがに反応が早いな。戦斧を使う重戦士とは思えない」

「……。じゃあ、暗殺者《アサシン》職ってことにして」

「こだわるな、それ」

ぼくは苦笑する。

その時、アミュが混乱したように言った。

「え、えっと……どういうこと？　こいつらが魔族って、ほんとなの？」

「ああ」

ぼくはうなずいて、二人の魔族に目を向けながら説明する。

「今の反応が証拠と言っていいだろう。無論、奴隷として捕まっている仲間とやらもだろうな。魔族だから領主には頼れないし、訴えに出るわけにもいかない。高価な金品の換金もしづらい。正体がばれるわけにはいかないからだ」

人間に近い容貌を持っているものの、神魔は特に人間に敵対的な種族の一つだ。正体がばれれば、何事もなく済むとは思えない。

ルルムとノズロは、ただ立ち尽くしていた。

ぼくは鼻を鳴らして続ける。

「道理が聞いて呆れる。人間と魔族は敵対しているが、商人を介した非公式な貿易はある。しかしそれでも、魔族領へ分け入り、神魔を攫ってこられるような人間はいないだろう。つまりこの二人の言う人攫いは、紛れもなく同じ魔族側の者だ」

「そ、そうなの……？」

アミュがちらと二人を見るも、ルルムとノズロは険しい表情で無言を貫いている。

ぼくは付け加える。

「まあ、そんなのと取引する人間の商人もどうかと思うけどな。ただ少なくとも、こちら側だけが責を負うような問題じゃない」

そして、ぼくは二人を見据えて告げる。

「魔族の業を人間に押しつけるな。本当なら縛り上げて警邏の騎士団にでも引き渡しているところだが……ぼくは、知人のことはなるべく助けるようにしている。こうして言葉を交わしたのも一つの縁だ。この際、君らが元々なんのために帝国へやって来たのかも訊かない。見逃してやるから、同胞のことは諦めてこの地を去れ」

万全を期すなら、始末しておくべきなのだろう。

もしも魔族の間諜《かんちょう》ならば、勇者の情報を探っている可能性が高い。実力を見せていないとは言え、アミュを目にした魔族を生かしておけば、後々厄介な事態を招くかもしれない。

しかし、せっかく危機を救ってやった者を今さら手にかけるのも収まりが悪い。だからこれが、ぼくのできる最大限の譲歩だった。

場に沈黙が満ちる。

それを破ったのは、ノズロだった。

「行くぞ、ルルム」

そう言って荷物を取ると、ぼくを忌まわしそうに睨む。

「人間になど頼ろうとしたのが間違いだった」

「そうだな」

ぼくは皮肉を込めて答える。

「ぼくも人間の社会に生きる者として、君らを助けるべきではなかった。ぼくらは初めから道理を外れていた」

「……ふん」

「ま……待って！」

踵《きびす》を返すノズロを、しかしルルムは引き留めた。

それから、ぼくへと言う。

「さっき攻撃してしまったことは謝るわ、ごめんなさい。だから……もう少し、話を聞いてほしい」

「しつこいな。まだ食い下がるつもりか」

「人を探しているの！」

ルルムが、ぼくを遮るように大声で言った。

「一人の神魔と……その子供を」

「っ、ルルム！」

「黙っててノズロ！　……私の、親しい人だったの。でも十六年前に、生まれたばかりの子供と一緒に姿を消した。わかっているのは、人間の国に行ったということだけ。私たちは、その人を探すために旅をしているの。もうずっと」

「……」

「先日、ケルツの奴隷商が、神魔の奴隷をたくさん仕入れたという話を偶然耳にしたわ。もしかしたらその中に、私たちの探している人がいるかもしれない。もしいるのなら……助け出したい。今も一緒だとしたら、その人の子供のことも」

ルルムの声音には、必死さがあった。

「戦争がない今、魔族の奴隷は高く売れるわ。こんな外れの街ではなく、仲間たちは帝都へ移送されて、そこで売られることになる。市場に並んでいない以上、仲間たちは人目につかないように閉じ込められていて、私たちには誰が捕まっているのかもわからないわ。帝都まで追っていったところで、確かめる間もなく売られるかもしれない。そうなったらもう……彼らの行方を追うことは、できなくなってしまう」

「……」

「お願い。他の同胞のことは、最悪諦めてもいい。せめて私たちの探している人が、そこにいるかだけでも確かめたいの。一人か二人なら、私たちでもきっと買い戻せるから……お願い。力を貸して」

ルルムは、声を絞り出すように言う。

「わかってくれるでしょう？　あなただって……っ」

ルルムは最後に何か言いかけたが、言葉の終わりは声にならず、聞き取れなかった。

場に再び沈黙が満ちる。

その中で、ぼくは一人考え込む。

一連の話が、事実かどうかはわからない。だが、話しぶりは真に迫っているように見える。

仮に事実だとしたら……この二人は、単に人探しのために帝国へ来たことになる。間諜でないならば、さほど危険もないかもしれない。

しかし、断言はできない。

すべて虚偽である可能性も、十分にある。

ぼくがこの二人に協力してやる理由は、あるだろうか？

「ね、ねえ、セイカくん……助けてあげられないかな」

その時、小さな声で沈黙を破ったのはイーファだった。

くすんだ金髪の少女は、遠慮がちに続ける。

「その人がいるかどうか確かめるだけなら、誰にも迷惑がかからないよね……？　乱暴なことはしないって約束してもらえるなら……ダメかな？」

全員に注目され、やや所在なさげにしていたイーファだったが、それでもはっきりと自分の考えを言い切った。

ぼくは、ふと思い出す。

よく考えれば、この子は最初……二人が魔族かもしれないと知りながら、助けに行こうとしたわけか。

ぼくはしばし黙考した後……おもむろに、二人の魔族へと向き直る。

「いいだろう。その奴隷商に取り次いでやる」

ルルムとノズロが、驚いたように目を見開いた。

小さく嘆息する。協力する理由ができてしまっては仕方がない。

言葉を失っている魔族二人へ、ぼくは釘を刺すように付け加える。

「ただし、大人しくしていろよ。それと事が済んだら、この子に礼の一つでもすることだ」

其の三 chapter I

ケルツは商業都市だ。

帝国の北東の外れにある街が、なぜ商業都市となり得たのか。それにはいくつか理由がある。

北の穀倉地帯に近く、農産物を仕入れやすいこと。帝国軍の駐屯地が近いため、様々な商品を卸す一定の需要があること。それから、魔族領が近いというのも理由の一つだった。

人間と魔族は敵対しているが、それでも種族によってはある程度交流がある。魔族領で採れる資源や、彼らの作る金細工や織物は、少数ながらも帝国で流通していた。

そんなわけで、ケルツには大きな商会支部がいくつもあったが、一方でロドネアやラカナでは名前の聞かない、中小規模の商会はそれ以上にあった。ルルムの言っていた奴隷商が営むのも、ここにあるような小規模商会の一つらしい。

森での一騒動があった、翌日。

ぼくたちは、六人で連れ立ってケルツの商街区を歩いていた。

「……」

ぼくの傍らには、外套のフードを被ったルルムとノズロが無言で歩みを進めている。

意外にも、この魔族二人は普通に街で宿を取っているようだった。

まあよくよく考えれば、街に入らないと旅の物資を調達するのも難しい。

それに冒険者が多い街ならば、素性などいちいち問われることはない。黒い線の紋様を消してもなお目立つ蒼白な肌を隠すためか、二人とも常にフードを被っていて怪しい雰囲気を漂わせていたが、人間の冒険者もおかしな格好をしている者は多いので、別に人目を引いたりはしていなかった。

もっとも、これは人間に見た目が近い神魔だからできることだろう。これが獣人や悪魔なら、街に入ることすら困難なはずだ。

と、そんなことを考えながら、ぼくは二人の魔族を振り返る。

「なあ。そのエルマン・ネグ商会っていうのは、どの辺りにあるんだ？」

商会が建ち並ぶケルツの商街区にあるとは聞いていたが、詳しい場所はまだ聞かされていなかった。

ルルムが、やや硬い表情で答える。

「もう少し進んだところよ。大きな看板がかかっているから、見たらそれとわかるわ」

その後、わずかに口ごもってから言う。

「……ねえ、どうするつもり？」

「ん？」

「どうやって奴隷商と話をするつもりなの」

ルルムは続ける。

「あなただって、ただの冒険者でしょう。ただ会いに行って、取り次いでもらえるか……」

「一応、あてはある」

確実とは言えないが、やってみる価値はあるだろう。

ルルムは疑わしそうな顔をしていたが、これ以上言っても仕方ないと思ったのか、黙って口を閉じた。

そこからしばらく歩くと、やがてその商会の看板が見えてきた。

エルマン・ネグ商会。

二階建てのこぢんまりとした建物だったが、一棟を借りられるのだからそれなりに稼いでいるのだろう。少なくとも、一介の冒険者がいきなり来るような場所ではなさそうだ。

「というわけで、早速入ってみるか」

「だ、大丈夫なの？」

ルルムはなおも不安そうだったが、ぼくは構わず歩き出す。

「君らはなるべく黙っていてくれ。ぼろが出ると困るから」

言い終えるやいなや、重厚な木製扉を押し開ける。

中は、さすがに商館だけあって立派な佇まいだった。

広さの関係で数こそ少ないものの、ところどころに置かれている調度品はどれも高価なものに見える。

正面にあるカウンターには、妙齢の受付嬢が一人座っていた。

いきなり入ってきた貧乏くさい冒険者六人を見て、あからさまに不快そうな顔になる。

ぼくは口元だけの笑顔を作り、その受付嬢に声をかけた。

「やあどうも。いきなりで悪いが奴隷が入り用なんだ。店主を呼んできてくれ」

「……失礼ですが」

受付嬢が、ぼくを睨みつけるようにして言う。

「約束はございましたか？」

「いや」

「ではお引き取りを。当会は露店ではございません」

「おいおい」

ぼくは半笑いで、しかめっ面の受付嬢へと言う。

「こっちは客だぞ。金もある」

「あいにくですが、当会では安価な奴隷は扱っておりません」

「もう一度言う。店主へ取り次いでくれ」

「お引き取りを。代表はお会いになりません」

「代表……？」

ぼくは一瞬呆けたような顔を作った後、高笑いを上げた。

「ははは！　いや、悪かった。よく考えればおたくも商会だったな。ぼくが普段出入りしているところより、ずいぶんと狭苦しいものだから失念していた」

訝《いぶか》しげな顔をする受付嬢へ、ぼくはぐいと身を寄せると――黄金色の認定票を、カウンターの上に掲げて見せた。

「ぼくはこういう者だ。おたくの代表を呼んで来てくれ」

認定票に視線を移した受付嬢は、一瞬眉をひそめた後……目を丸くした。

「い、一級の冒険者認定票⁉　それも、ラカナ支部の……っ」

「わかったか？　ならおたくの」

「しょ、少々お待ちを！」

言い終える間もなく、受付嬢は奥へと引っ込んでいった。

残されたぼくたちの間には、微妙な空気が漂う。

「……セイカ。いまの、なに」

「訊くな。わかるだろ。演技だよ演技」

メイベルの平坦な質問に、ぼくは若干恥ずかしくなりながら答える。

この後のやりとりも考えると、こういう場では多少強く出るべきだ。出るべきなんだけど……

これ、もう少しやりようがあったかな。

「ふふっ……」

「この先、笑ったら台無しだからな。アミュ」

「んんっ、げほっ、げほっ」

笑いをこらえていたアミュが、咳払いで誤魔化した。

続けてイーファが、どこか困ったような調子で言う。

「あはは、セイカくん、そういうの全然似合わないね」

「言うなって……」

この後も続けていく気力がなくなるから。

「あなた、そんなにすごい冒険者だったのね」

ルルムが、少し驚いたように言った。

ぼくは仏頂面で答える。

「この間なったばかりだけどな。しかし……この認定票がここまで利くとは思わなかった」

どこへ行ってもお偉いさんみたいな扱いをされるとアミュが言っていたが、正直なところ半信半疑だった。

ぼくは付け加える。

「一応、君らはぼくのパーティーメンバーっていう設定で行くからな。ぼろを出さないようにしてくれ」

「……」

ルルムが無言でこくりとうなずいた、その時。

一人の人物が、受付の奥から現れた。

「いやいや、お待たせいたしました」

顎髭《あごひげ》を生やした、壮年の男だった。

細身の体を上等そうな衣服で包み、顔には商人らしい笑みを浮かべている。

「当会の者がとんだ失礼を。後でよぉく、言い聞かせておきますので」

「どうでもいい」

ぼくは傲慢そうに見える表情を作り、気だるげに言う。

「奴隷を買いたいんだ。さっさといいのを用立てろ」

「これはこれは……。ケルツの数ある奴隷商の中から当会をお選びいただき、ありがとうございます。一級の冒険者様にご贔屓いただけたとあっては、当会の格も上がるというもの。では早速奥へどうぞ……セイカ殿」

受付嬢が認定票に打刻されていた名前を伝えていたのか、男はぼくの名を呼んだ。

ぼくは首を傾け、目をわずかに細めて言う。

「まずは名乗ったらどうだ」

「おっと、重ね重ね失礼を。どうもワタクシめ、緊張しているようでございます。一級の冒険者様のような取引相手は、実は初めてなもので」

額に手を当て、男が困ったように言った。

それからぼくへと向き直ると、そのうさんくさい笑みを深めて名乗る。

「申し遅れました。ワタクシ、当会の代表であるエルマン・ロド・トリヴァスでございます。以後お見知りおきくださいませ、セイカ殿」

◆　◆　◆

ぼくたちは、二階の応接室に通されることとなった。

いつも商談に使われる部屋なのだろう。調度品も豪華で、手入れが隅々まで行き届いている。

ぼくとしか話していないエルマンだったが、一応こちらのパーティーメンバーにも気を使ったようで、座る場所が足りなくて手持ち無沙汰にするアミュたちのために椅子を持ってこさせていた。

「では早速ですがセイカ殿。当会にはどのような奴隷をご所望で？」

正面に座るエルマンが、にこやかに言う。

「っ……」

「……」

ぼくの両隣に座るルルムとノズロが、わずかに気色ばむ気配があった。

三人掛けのソファだったから、とりあえず横に当事者の二人を隣に座らせたのだが……なんだか殺気立っているし、もしかしたら失敗だったかもしれない。ルルムの方はともかく、もしノズロがエルマンに襲いかかりでもしたら、この距離では止めきれない可能性もある。

ただ……向こうも向こうだった。

ぼくは言うべきことを言う。

「その前に、そいつはなんだ」

「ひっ……！」

エルマンの隣に座る男が、ぼくの視線に身を縮こませた。

おどおどとした、どこか陰気な男だった。

エルマンよりは明らかに若いが、とはいえ商会の小僧という歳でもない。そもそもまったく商人らしくない。なぜここにいるのかわからなかった。

エルマンが笑顔のまま答える。

「ご紹介が遅れました。これは当会の副代表、ネグです」

「副代表……？　こいつが？」

「ええ。大事な商談ですので、同席しております」

エルマンは堂々とそう言うが、とても信じられなかった。

ぼくとは目も合わせようとしない。こんな男に商会の副代表が務まるのか……？

ネグはエルマンに縋るように言う。

「あ、兄《あん》ちゃん、兄《あん》ちゃん……」

「実は、ワタクシめの弟でございまして」

「な、なあ、兄《あん》ちゃん……」

「ネグ。大事なお客様の前だ、今は静かにしていなさい」

「で、でもっ」

その時、足元から力の気配を感じた。

冷気と共に、応接室のテーブルをすり抜けて湧き上がってきたのは――――青白い襤褸を纏った霊体。

「フ、フロストレイス!?」

アミュが驚いたように叫ぶ。

それだけではなかった。

書棚の奥からは、熱気を纏った仄《ほの》赤い霊体が。部屋の窓からは、風を纏った薄緑の霊体が。甲冑飾りからは、土気色の靄《もや》を纏った霊体が……。応接室のそこかしこから、フロストレイスやフレイムレイス、ウインドレイスにグラウンドレイスといった、様々なアストラル系上位モンスターが湧き出してくる。

そして……、

「ォォォォォ――――――」

ネグの背後には、いつの間にか……漆黒の襤褸を纏った、不気味な霊体が浮遊していた。

他のレイスたちとは、力の規模が明らかに異なる。

「レイスロード……！」

隣でルルムが、息をのんだように呟いた。

レイスロードとは確か、レイスの中でもさらに上位の闇属性モンスターだ。

強力な闇属性魔法を使い、物理攻撃のほとんどが効かない。しかも障害物をすり抜けてどこまでも追ってくるため、対抗策がなければ出会った時点で死を覚悟しなければならないと言われるほどだ。

ただ、こういった怨霊の類は普通、日の光を嫌う。

レイス系のモンスターも例外ではなく、深い森や洞窟、遺跡のようなダンジョンにしか出てこないはずだった。

どうしてこんな場所にいるのかはわからないが……危険なことには違いないから、やはり封じておいた方がいいだろう。

周囲の者たちが身を強ばらせる中、ぼくは小声で真言を唱え――――、

「ああ、ご安心を」

術を使おうとした時、エルマンが穏やかに言った。思わず、ぼくは呪《まじな》いの手を止める。

「……何？」

「これはネグの使役《しえき》するモンスターですので」

と、エルマンが信じがたいことを言った。

おどおどと視線を泳がせるネグを見やりながら、エルマンは説明する。

「昔からネグは、こういったアストラル系のモンスターを引き寄せてしまう体質があるのです。ですがご心配なく。これらのレイスはすべて、ネグに従っていますので」

「……こいつらがか」

「ええ。こういった商売柄、ワタクシめは身の危険を感じることもたびたびあったのですが、そのような時にはいつも、ネグのレイスたちに助けられてきました」

「……」

周りのレイスを見やるが、確かに攻撃してくる様子はない。

ぼくは目を戻し、兄の方をちらちらと見ているネグを観察する。

調教師《テイマー》というモンスターを従える職業は存在するが、技術で手なずける以上、彼らの扱えるモンスターは限られる。このようなアストラル系モンスターを従えた例は聞いたことがなかった。魔導書を持っていないことから、魔術的な契約で行動を縛る召喚士《サモナー》ではないだろうし、霊魂を死体に入れて操る死霊術士《ネクロマンサー》とも違う。

操霊士《スペクタラー》とも呼ぶべきだろうか。

いずれにせよ、かなり希有《けう》な才能の持ち主であるようだった。

「う、うう……」

当のネグは、エルマンを見たり、ぼくらを見たりと挙動不審な動きを見せている。

エルマンが、ちらと弟を見て言う。

「ネグ、今は商談中だ。モンスターを下げなさい」

「で、でも兄《あん》ちゃん！　こいつら……」

こいつら、と言うネグの目は、ぼくの両隣の二人、ルルムとノズロを向いていた。

多くのレイスたちは、ぼくらの周囲を遠巻きに浮遊していたが……二人の神魔に、強くその注意を向けているように見えた。

一部のレイスはイーファにも近寄っていることから、もしかしたら精霊と同じように、魔力に引き寄せられる性質があるのかもしれない。

エルマンは困ったように言う。

「いやはや……申し訳ございません、セイカ殿。お連れの方々は、もしや亜人の血を引いておいでで？　強い魔力をお持ちの方がいらっしゃると、まれにレイスたちの統率が乱れ、こうした失礼を働いてしまうことがありまして」

「……ああ。森人《エルフ》の血を引いている者が三人いる」

とりあえず、そういうことにしておく。

ラカナには亜人も多かったから、別に不自然ではないはずだ。

「そんなことはどうでもいいから、さっさとこの亡霊どもを片付けろ」

「ははぁ、ただちに……。ネグ、わかったな。早くしなさい」

「だ、だけど、兄《あん》ちゃ……」

「ネグ！」

「うう……は、はいぃ……」

エルマンの一喝に、ネグがうつむいた。

するとレイスたちは、皆そろって二階の床板をすり抜けて姿を消していく。主人の背後で怖気《おじけ》を感じさせるような圧力を放っていたレイスロードも、やがてその姿を薄れさせながら、ネグの足元へと沈んでいった。

どうやら普段は、日の光の届かない床下か地中にでも潜ませているらしい。

周りが脱力する中、エルマンが額に手を当ててすまなそうに言う。

「いやはやまったく。重ね重ね申し訳ございません」

「……なるほどな」

小さく呟く。ぼくはその時になってようやく、エルマンがこの怨霊使いを同席させた意図を覚った。

こいつは、エルマンの用心棒なのだ。

おそらく冒険者相手の商談にあたって、暴力を背景に要求を通されることを避けたかったのだろう。商会の名前に据え、副代表の地位までやっているのも、こうやって商談に居座らせるための言い訳に違いない。

よほど指摘してやろうかとも思ったが、しらを切られればただの言いがかりになるので、やめた。

だがやられっぱなしなのも癪《しゃく》なので、代わりに別の指摘をしてやる。

「そいつはお前の弟だと言っていたが、嘘だろう」

「ほう。なぜそのように?」

「そう思わない方がおかしい。容姿が違いすぎる」

エルマンの髪は濃い褐色だが、ネグは金髪だ。瞳の色も違う。体つきも顔立ちも、まったく似ていない。

それに何より……、

「加えてお前は元貴族、それも侯爵家の生まれだろう。そんな社交性の欠片もない兄弟がいるか」

ロド・トリヴァスという家名は聞いたことがあった。辺境ではあるが、大領地を治める名家だったはずだ。

名門貴族ならば、当然教育を重視する。

礼儀の一つも知らなさそうなネグが、そんな生まれとはとても思えなかった。

エルマンが大げさに言う。

「これはこれは、ご明察恐れ入ります。トリヴァスの家名をご存知でしたか。いつもは雑談の折に自虐を交えながら話し、貴族相手の信用を得るために名乗っているのですがね。いやはや……」

それから、壮年の男は困ったような顔を作る。

「貴族は腹違いの兄弟も多いですから、容姿の違う血縁自体は決して珍しくないのですが……ご慧眼の通り、血の繋がりはありません。いわゆる義兄弟でして」

「義兄弟、ね」

「実家を出奔《しゅっぽん》したばかりの頃は、それはそれは苦労しましてね。日々の食事にも困る始末で。ネグとはその頃に出会い、共に商売をしてきたもので、ええ」

うさんくさい語り口で話すエルマンだったが……どこか、その内容には真実味があった。

義兄弟というのも嘘かと思ったが、案外本当のことなのかもしれない。

「しかしながら、あらためて考えれば……セイカ殿がワタクシめの実家をご存知であっても、何も不思議はありませんでしたな。我々は近い境遇でありますからな」

「ん？　どういう意味だ」

「かねがね、お噂は耳にしておりますよ。セイカ殿」

エルマンが笑顔で言う。

「サイラス議長に次ぐ、ラカナ二人目の一級冒険者。史上最大規模のスタンピードを収めるという偉業を成し遂げたのは、名門伯爵家を出奔した天才少年……と、そんな華々しいお噂を」

「……」

どうやら、ぼくのことは元々知っていたようだった。

まあ、無理もない。噂になるくらい派手なことをやらかしてしまった自覚はあるし、商人ならば当然、そのくらいの情報は知っていて当然だ。

「えっ！　あ、あなた……」

なぜかルルムが驚いたような顔でぼくを見てくるが、ひとまず無視してエルマンへと答える。

「なんだ、知られていたか」

「もちろんですとも。確か、ご実家は魔法研究の大家でしたな。ラン…………いや、失礼。ひょっとして、今は家名を名乗っておられませんでしたかな？」

「……」

出奔した貴族とはそういうものなのか、それとも認定票に名前しか書いていなかったためなのか、エルマンはそんな気遣いを見せた。

別に名乗っていないことはなかったが……あらためて考えれば、家名は公言しない方がいいのかもしれない。

今は逃亡の身だ。ルフトやブレーズに迷惑がかかっても困る。

ぼくは不機嫌そうな顔を作ると、エルマンへ言い放つ。

「その通りだ。噂をするのはかまわないが、家名は伏せろ。不愉快だ」

「ええ、わかりますとも。もちろんでございます」

ぼくのしかめっ面など見てもいないかのように、奴隷商は笑顔でうなずいた。

そして、そのまま朗らかに続ける。

「ずいぶんと話が逸れてしまいましたな。では商談に戻るとしましょうか。して、セイカ殿。当会にはどのような奴隷をお望みですか？」

「……どのような、と言われてもな」

ぼくはソファにふんぞり返りながら、鼻を鳴らして言う。

「説明も面倒だ。どんな奴隷を買うかはぼくが決める。あるものを見せろ」

そこまで考えていなかったので、偉そうな態度で誤魔化す。

こちらとしては、とにかく神魔の奴隷を一通り見たいのだ。適当なやつを数人だけ連れてこられても困る。

「いえいえ、そういうわけには」

しかし、エルマンは食い下がった。

「当会はご覧の通り、小さな商館しか所有しておらず、奴隷の管理は複数の別の奴隷商へ委託しております。倉庫は街のあちこちにありまして、すべてにご足労いただくのは、少々心苦しく……。しかしご安心を。当会では多種多様な高級奴隷をそろえており、加えてワタクシ、奴隷を選ぶ目には自信があります。必ずや、セイカ殿のご要望にお答えできるかと」

「……。そうだな……」

こうまで言われてしまっては、なおもすべて見せろとは言いにくかった。

仕方なく、適当な条件を考える。

「……強い奴隷が要る」

「強い奴隷、でございますか」

「ああ。知っての通り、スタンピードのせいでラカナ周辺のダンジョンは今死んでいる。おかげで退屈して仕方がない。ここらにもダンジョンがあると聞いてわざわざやって来たが、期待できるほどのものはなかった」

「はぁ。それはそれは」

「そこでだ。モンスターがいないのならば、人を相手にすればいい。ぼくが多少魔法をぶつけても壊れない、それどころか向かってくるような、訓練相手になる強い奴隷が欲しい。このままでは、ぼくもこいつらも勘が鈍りそうだからな」

「ううむ、それは……難題でございますな」

エルマンが頭をひねる。

「確かに当会では、元冒険者や、武芸の心得のある奴隷も扱っております。しかし、等級の高い冒険者を相手できるような奴隷となりますと……ううむ……」

「もったいぶるな、エルマン」

そこで、ぼくは畳みかけることにした。

口の端を吊り上げて言う。

「聞いているぞ。お前の商会で、魔族の奴隷を仕入れたという噂は」

その時、エルマンの表情が一瞬固まった。

「……失礼ですがセイカ殿。その噂、どこで？」

「さあな、忘れた」

緊張している様子の両隣の神魔へ注意を向けつつ、ぼくは平然と続ける。

「噂を聞いた相手などいちいち覚えていない。だが、情報が漏れても不思議はないだろう。そいつらの輸送に関わった人間は、一人や二人では済むまい」

ルルムが聞いたのも、どうやら途中の街で荷をあらためた衛兵の一人からであるようだった。

関税などもかかるわけで、大人数の奴隷など到底隠しきれるものじゃない。

エルマンが観念したように言う。

「……おっしゃる通りでございます。いやはや、参りました。何があるかわかりませんので、帝都へ運び入れるまではなるべく秘匿《ひとく》しておきたかったのですが」

「それで、どうなんだ」

ぼくは間髪《かんはつ》入れずに問う。

「いるのかいないのか。どうせ帝都まで運んで競売にでもかけるつもりだったのだろうが、そんなことをせずともぼくがこの場で、言い値で買ってやるぞ。輸送費や野盗に襲われる危険を避けられるなら、そちらとしても望むところだろう」

「……」

「もっとも、しょうもない魔族なら別だがな。人間よりも弱い種族では役に立たない」

「ふふ……いえいえ、まさか」

エルマンが、静かな笑みと共に言う。

「当会が扱うのは、上質な奴隷ばかり。それは魔族であっても変わりません」

「なら、いるんだな」

「この後、お時間はございますかな。セイカ殿」

ぼくがうなずくと、奴隷商は立ち上がり、襟《えり》を正して言った。

「では、実際に見ていただくのが早いかと」

◆　◆　◆

エルマンに案内されたのは、街の城門からほど近い、巨大な倉庫が建ち並ぶ一角だった。

大きな商会が、運び入れた商品を保管しておくための場所のようだ。

「さあさあ。こちらでございます」

と言って、エルマンが先導する。

その傍らに、ネグはいない。あの怨霊使いは商館に残ったようだった。

どうやら少なくとも、まともに取引できる相手とはみなされたらしい。あるいは単に、馬車に乗れる人数の問題だったのかもしれないが。

ぼくらはぞろぞろとエルマンの後ろをついていき、やがてたどり着いたのは、一棟の比較的小さな木造倉庫の前だった。

「むっ、誰だ！　……っと、エルマンの旦那じゃねぇか」

見張り番らしき、槍を持った巨漢が鋭く誰何《すいか》するが、エルマンの顔を見るとすぐに気勢を弱めた。

エルマンは機嫌良さそうに、見張り番へと声をかける。

「ふむ。ご苦労ご苦労」

「へぇ、どうも。今日はどうしやした？　そっちの連中は？」

「お客様だ。当会の商品をご覧に入れたい。中を案内してくれ」

「はぁ、わかりやした」

見張りの巨漢がガチャガチャと鍵を開けると、倉庫の扉を開け放つ。

「っ……」

途端にすえたような臭気が鼻腔《びこう》を刺して、思わず顔をしかめた。

「ええと……どうぞ、こちらへ」

巨漢が慣れない様子でぼくらへ声をかけ、そのまま倉庫へと歩み入っていく。

ぼくらがためらっていると、エルマンが隣で朗らかに言う。

「いやはや、ひどい臭いでしょう？　当会の奴隷は高価な都合、扱いが比較的よく、これでもマシな方でして……。本来はお客様を案内する場所ではないので、どうかご容赦を。ささ、参りましょう」

平然と中へ入っていくエルマンを、ぼくらは仕方なく追う。

倉庫の中には、木枠に鉄格子の嵌まった檻が並んでいる。

だが、中に人影はない。

「今この倉庫は、魔族の奴隷のため一棟すべてを当会で借り受けておりまして。商品は、もう少し奥に入れております」

訝しげなぼくの様子を見て取ったのか、エルマンがそう説明する。

やがて見張り番の巨漢が、ある箇所で立ち止まった。

「ここからになりやす」

その檻には、確かに誰か座り込んでいるようだった。

しかし倉庫内は薄暗く、曇天なせいもあって窓明かりだけでは容姿がわからない。

エルマンが困ったように言う。

「灯りを持ってくるべきでしたな。確か詰所に……」

「必要ない」

そう言って、ぼくは灯りのヒトガタを飛ばす。

ほのかな光に、檻の中の人影が照らし出される。

「おおっ、お客さん魔術師か。便利な魔法だなぁ」

素朴に驚く巨漢を余所に、ぼくは中の人物を観察する。

突然の光に戸惑っているのは、一人の少女であるようだった。

歳はぼくらとそう変わらないくらい。簡素な貫頭衣に、両手には手枷、首には妙な力の流れのある金属の首輪を嵌められている。

漆黒の髪に瞳。綺麗な顔立ちをしているが……その顔や裾から伸びる手足は死人のように白く、そして表面には入れ墨のような黒い線が走っている。

以前学園を襲った魔族の一党の中にも、このような容姿の男がいた。

「……神魔か」

「まさしく」

エルマンが、自信を含んだ声で言う。

「全部で十五ほど、在庫がございます。いかがでしょうセイカ殿。か弱い少女に見えますが、膂《りょ》力《りょく》では大男をねじ伏せ、生来の魔法で中位モンスターすらも圧倒します。魔族の中でも、特に強い力を持った種族ですので」

「こんなもの、どうやって手に入れた」

「そこは商売の種ですので、ご容赦を。まあ、魔族側に伝手《つて》があるとだけ申し上げておきましょう」

「人攫いの伝手か？」

「どうかご容赦を」

うさんくさい笑みのエルマンから視線を外し、ぼくは少女を見る。

ルルムの話では、探している人物はもう十六年も前に子供を産んでいるとのことだった。

それを踏まえると若すぎる気もするが……神魔は人間よりもずっと長い寿命を持っているはず
だから、見た目だけではわからない。

ちらと横を見ると、ルルムとノズロは険しい表情をしていたが、それだけだった。

となると、この子ではなさそうか……？

「もっと近くで見てみるかい、お客さん」

巨漢は軽い調子でそう言うと、鍵の束を取り出して、鉄格子にかかっている錠を外し始めた。

ぼくは思わず言う。

「おい、そんなことして大丈夫なのか」

「へへっ、心配ねぇよ」

巨漢は鉄格子の戸を完全に開け放つと、中へずんずんと入っていき、少女の手枷を掴む。

「おらっ、立て！」

「い、いやっ、やめて」

少女が抵抗する。

力が強いというのは本当のようで、体格差にもかかわらず巨漢は手を焼いているようだった。

しかしその時――――少女の首輪の、力の流れが増した。

首元に光る呪印が浮かび上がる。それと同時に、神魔の少女が苦しみ出す。

「うぐっ……かはっ……」

「手間をかけさせるからだ。ったく」

巨漢はぐったりする少女の手枷を引き、檻の外へと連れ出した。

ぼくは呟く。

「今のは……」

「隷属の首輪が働いたようですな」

何気なく言ったエルマンへ、ぼくは問う。

「なんだそれは？」

「奴隷の抵抗を防ぐ首輪です。魔道具の一種でして、逃げ出そうとしたり、主人に逆らったり、あるいは無理矢理首輪を外そうとした場合、先のように苦しみ始めるのです。これがあるからこそ、安全に神魔を扱えておりまして」

「普通の奴隷より大人しくなるから、こっちも楽で助かるぜ。いつもは反抗的な奴隷がいると、檻をぶっ叩かなきゃならねぇからな」

「ふうん……初めて聞いたな、そんな物」

「高価な代物でして、このような危険な奴隷でもない限り普通は用いません。採算が取れませんので」

だろうな、とぼくは思う。

なかなか複雑な呪物だ。そう簡単に量産できるとは思えない。

「で、どうだいお客さん」

巨漢が手枷を持ち上げ、神魔の奴隷をぼくの前に突き出した。

薄い貫頭衣が肌に貼り付き、少女の体の線が露わになる。

「こんな危ない奴隷、何に使うか知らねぇが……こいつは上等なもんだぜ。闘技場へ送るにも、護衛にするにも申し分ねぇ。ツラはいいし、肉付きもまあまあだ。この肌が俺には気色悪《わり》ぃが、そっちの楽しみもできるんじゃねぇか。興味があるなら裸を見てみるかい？　いいよな、エルマンの旦那？」

そう言って、巨漢が少女の貫頭衣に手をかけた。

裾が持ち上げられ、白い太腿とそこに走る黒の線が露わになるが、神魔の少女は虚ろな目をしたまま抵抗の気配もない。

ぼくは嘆息する。

実際のところ、こちらは人を探しに来ただけで買う気はまったくないのだ。いくら奴隷とはいえ、剥かれ損ではこの娘もかわいそうだろう。あとアミュたちの視線も気になる。

そんなことを考え、断りの言葉を言おうとしたその時――ガキリッ、という何かが砕ける音が倉庫内に響き渡った。

「……？」

何の音かと、皆が不思議そうに周囲を見回す。

そんな中……ぼくだけは、何が起こったのかを把握していた。

「ッ……！」

足元のネズミの視界に意識を向ける。

フードの下で怒りの形相を浮かべ、強く拳を握るノズロの篭手からは、粉のような物がぱらぱらと落ちていた。

どうやら、いつの間にか握り込んでいた石か何かを粉砕したらしい。

ぼくはわずかに目を細め、口を開く。

「そう猛るな、ノズロ」

「っ⁉」

ノズロがはっとしたように、ぼくへ視線を向ける。

「な、何を……」

「そういえば、神魔はお前の父の仇だったな。まあ抑えろ。お前の拳でも簡単に壊れない、もっと頑丈そうな奴隷を見繕ってやる。だから――――妙な真似はするな」

ノズロを横目で睨み、ぼくは告げた。

神魔の武闘家は一瞬押し黙った後、うなずく。

「……わかった」

「そういうわけだ、エルマン。他を見せてくれ」

「かしこまりました。……おい、そいつは檻に戻しておけ」

「へいへい。……よかったなぁ、買われなくて。お前じゃ弱っちすぎるとよ。ほら、早く戻れ。

……それにしても、そっちのお客さんは親の仇が魔族なのかい？　珍しいなぁ、こんな時代に。そんな話、俺はひいじいさんからしか聞いたことないぜ……」

ぼくらは巨漢の案内で、倉庫に並ぶ檻を見ていく。

中にいるのは、全員が神魔だ。その首には例外なく、隷属の首輪が嵌められている。

しかし……、

「……女子供ばかりだな」

「そればかりはご容赦を」

エルマンが苦笑と共に言う。

「成熟した男の神魔を捕縛できる者など……そうはいないもので」

「捕縛？　なんだ、やっぱりこいつらは魔族領から攫われてきたのか」

「いやはや……。言い訳になりますが、一応帝国法には背《そむ》いておりませんので」

「ふん」

鼻を鳴らしながら、ぼくはわずかに後ろへ下がり……張り詰めた表情で周りの檻を見回す、ルルムへと耳打ちする。

「……いたか？」

ルルムは無言で首を横に振った。

やがて……ぼくらは、倉庫の端へとたどり着いてしまった。

「ん？　これで終わりか？」

「ええ。いかがでしたか、セイカ殿。気に入った商品はございましたか？」

にこやかに言うエルマン。

思わず眉をひそめていると、不意にルルムが顔を寄せ、耳打ちしてきた。

「……まだいるわ。上よ」

倉庫の後ろ半分は、中二階になっている部分があった。

きっと、そこにも奴隷がいるのだろう。

ぼくは奴隷商へと言う。

「ぼくの記憶違いか、エルマン。確かさっき、お前は在庫が十五だと言っていたはずだが。まだ十一しか見ていないぞ、残りはこの上か？」

「いることはいるのですが……残念ながらお見せできかねます」

エルマンが困ったように言う。

「恥ずかしながら少々手違いがあり、隷属の首輪が十分な数用意できなかったのです。そのため奴隷の内の幾人かは、少々手荒な方法で手なずけなければならず……今は、到底売り物にならない状態でして」

「ひどい傷があるということか？　そんなもの構わない。見させてもらうぞ」

そう言って、中二階への階段へ向かおうとする。

だがその時、目の前に巨漢が立ち塞がった。

「おいおいお客さん。困るぜ、勝手なことされちゃ」

「どけ」

「いいや、どくわけにはいかねぇな。借主が見せられねぇっつってんだ、ここは通せねぇよ」

「エルマン」

「どうかご容赦を。これはワタクシめの、奴隷商としての矜持《きょうじ》でございまして。加えて言えば、この上にはあまり力の強い奴隷は置いておりません。セイカ殿のご要望には適わないかと」

「……そうか。ならいい」

無理矢理通ってやろうかとも思ったが、やめた。

ここにいるのは、どれも魔族領から攫われてきた者たちなのだ。十六年前に人間の国へ渡ったという、ルルムの尋ね人がいる可能性は低い。そこまでする意味はない。

それでも一応、もう少しだけ食い下がってみる。

「では、いつ見られる。隷属の首輪とやらが用意できたらか」

「それが、手配はしているのですが……なにぶん貴重な魔道具のため、新しい物が用意できるまでにどれだけかかるかわからないもので」

「なんだ。それではいつまで経っても売り物にできないじゃないか」

「一応、手は講じておりまして、ええ。ルグローク商会に隷属化の手術を依頼しているところです」

その名前を聞いて、ぼくはわずかに目を眇めた。ネズミの視界を見ると、背後ではメイベルが息をのんだように目を見開いている。

こちらの表情の変化に気づく様子もなく、エルマンは続ける。

「あそこは以前より強力な奴隷を扱っていたのですが、実は魔道具ではなく、手術によって自由な意思を奪っていたようでして。最近になって突然それを公表し、依頼があれば任意の奴隷にそれを施すという商売を始めましてな。どのような商態の変化かわかりませんが、渡りに船ということで、早速手紙を出したところです。話がまとまれば、ルグロークの医術者がこちらへ出張ってくる手はずになっております」

「……」

「費用は決して安くないのですが……どのような商品に仕上がるか、ワタクシめも少々楽しみでございまして。興味がおありならば、セイカ殿もそれまでケルツへご滞在されるのがよいかと」

「……考えておく」

まさか、ここでまたその名を聞くとは思わなかった。

帝都での武術大会以来だから……二年ぶりか。

またろくでもない商売を始めたようだ。

「それで、いかがでしたかな？　セイカ殿」

エルマンが笑顔で訊ねてくる。

「どれか気になる商品はございましたか？　女子供ばかりではありますが、それでも生半可な人間の戦士などよりはよほど剣呑な者ばかりです。ワタクシめの一押しは、三番に四番、そしてなんと言っても八番ですな」

「……。そうだな……」

ここらが潮時か、とぼくは思う。

これ以上ここに居座っても仕方ない。尋ね人がいないことはわかった以上、もう大人しく帰るべきだ。それが当初の約束だったのだから。

しかし……ルルムとノズロの様子を見る限り、どうもあっさりと引き下がるようには見えなかった。

二人とも、今すぐにもこの場の全員を殺し、奴隷を助け出しそうな表情をしている。

同胞がこんな目に遭っているのだ、無理もないだろう。

だが、それは許されない。

ここは人間の国で、人間の道理によって動いている。魔族の勝手が通る場所ではない。

それにこの人数の奴隷を、全員連れて逃げるなんて不可能だ。下手をすれば隷属の首輪によって、街を出る前にほとんどの者が死んでしまうかもしれない。

二人の神魔も、当然その程度のことは理解している。だからこそ、動けないでいるのだ。

やはり、ここが潮時だろう。

ぼくは口を開く。

「悪いがエルマン、お前の奴隷では……」

その時、服の裾が引っ張られる感覚があった。

思わず顔を向けると、メイベルが縋るような表情でぼくを見上げながら、無言で上着の裾を引っ張っていた。

一瞬の沈黙の後、ぼくは言う。

「……なんだ、メイベル」

「セイカ。お願い」

「何が……」

「お願い」

そう言ったきり、メイベルはうつむいてしまった。

それでなんとなく、言いたいことを察したぼくは――――小さく嘆息すると、苦笑しつつ少女の頭を撫でる。

「君までか……。まったく、仕方ないな」

ぼくはエルマンへ向き直り、言う。

「悪いがエルマン、お前の奴隷を見る目は信用できない。人間の奴隷ならばまだしも、魔族の強さを荒事の経験もない人間がそう簡単に判断できるとは思えない」

「ほう。となると……セイカ殿がご自身で見出した奴隷がいると？」

「いや、ぼくでも魔族の強さなどそう簡単にわからない」

「んん？　それは、つまり……残念ながら、今回はご縁がなかった、ということですかな？」

「いや、神魔の奴隷は希少だ。この機を逃したくはない」

「え？　で、ではつまり……どうなさると……？」

ぼくの意図が掴めないのか、エルマンがここへきて初めて動揺の気配を見せた。

それを眺めながら、ぼくは口元に笑みを浮かべ、告げる。

「全員だ」

「……へ？」

「上にいる傷物も含めた、全員を買うと言っているんだ。強さなど、ぼくがこの手で確かめればいい」

呆気にとられる面々の前で、ぼくは少しだけ爽快な気分になりながら、最後に言った。

「さあ、いくらだ。見積りを持ってこい」

◆◆◆

「……高《た》っか」

手渡された羊皮紙に書かれた数字を一目見て、ぼくは思わず素で呟いた。

あれから商館に戻ってきたぼくたちは、見積書を作るので少々お待ちをとエルマンに言われ、静かにロビーで待つこととなった。

それでようやくできあがったのが、日暮れも差し迫ったつい先ほどの時分。応接室にはぼくだけが向かうことにし、残りの面々にはそのままロビーで待っていてもらっている。

「えっ、高い？　そ、それはそれは……」

　そんなことを言われるとは思わなかったのか、正面に座るエルマンがやや焦ったような素振りを見せた。

「これでも、勉強させていただいたつもりなのですが……ならばもう少々、値下げしましても……」

　ぼくは溜息をついた後、顔を上げてエルマンへと言う。

「それはそうと、これを作るのにずいぶんかかったな」

「そ、それは……いやはや、申し訳ございません」

　一瞬目を泳がせたエルマンが、すまなそうな笑みを浮かべて言う。

「なにぶん神魔の奴隷を扱うのは、かなり久々なもので……副代表とも相談しつつ、一人一人価格を算出しておりまして……」

「あれと相談？」

　ぼくは眉をひそめる。

「そんなことをして意味があるのか？」

「え、ええ……無論でございます。当会は、ネグとワタクシめの二人で立ち上げた商会でございますから」

　そう言って、愛想笑いを浮かべるエルマン。

　うさんくさい笑顔の一方で……声音にはどこか真摯《しんし》な響きがあった。

　ぼくは、あのおどおどした怨霊使いを思い出す。商人らしさは欠片もなく、どう考えてもただの用心棒にしか見えなかったが……あれで意外と、計算が得意だったりするのだろうか？

　少々訝《いぶか》しく思いつつ、ぼくは言う。

「というか、どうして今さら売値になど悩んでいたんだ。仕入れ値を支払った時点で、商人ならばいくらで売るか想定しておくものじゃないのか」

「いやはや……お恥ずかしい。初めから競売にかけるつもりだったもので、値付けについてはまったく考えておりませんで、はい」

「それでも、相場くらいあるだろう。久々に扱うと言っていたが、以前の売値を参考にできなかったのか？」

「それが、こういった特殊な奴隷は、相場もあってないようなものでございまして。加えて過去に一度だけ扱った商品は、成熟した男の神魔だったもので、同額というわけにもいかず……」

「……ふうん。まあいい」

　そう言って、ぼくは羊皮紙を持ったまま席を立つ。

「セ、セイカ殿？」

　エルマンがわずかに身を乗り出し、動揺したような声を出した。

「あの、先にも申しました通り、予算が厳しいようであればもう少々値下げすることも……」

「エルマン」

　ぼくは、奴隷商を見下ろしながら言う。

「ルグロークの医術者がやって来るのはいつだ？」

◆◆◆

ぼくらが宿へ戻った頃には、日はすっかり沈んでいた。

「……」

ちなみに、部屋の雰囲気も沈んでいる。

今後について話し合うためにルルムとノズロも連れてきたのだが、五人もいながら喋る者は誰もいない。

おそらくは、ぼくの伝えた奴隷全員分の金額が予想よりもずっと高かったせいで、皆途方に暮れているのだろう。

「……どうするわけ」

アミュが重々しく口を開く。

「あたしたち、さすがにそんな大金は用意できないわよ」

全員が沈黙を返した。

当たり前だ。一般的な奴隷の相場以上の額を、十五人分。そんな大金、普通は用意できるものじゃない。

イーファが恐る恐る言う。

「で、でも……みんなでギルドから借りたりすれば、もしかしたら……」

「そうだな。スタンピードでの功績があるぼくらなら、あるいはこのくらいの額なら用立てられるかもしれない」

しかし、ぼくは突き放すように言う。

「だが――――そこまでしてやる義理はない。ぼくらにも生活があるんだ。信用を失いかねないほどの借金をしてまで、わざわざ魔族を助けてやる理由がない」

「っ……」

イーファが目を伏せて押し黙った。

いくらなんでも無理があるということは、彼女も自分でわかっていたことだろう。

「……そうね。もう十分」

その時、ルルムが静かに口を開いた。

「元々、これは私たちの問題だもの。ここまでしてもらって、お金まで出してもらうわけにはいかないわ」

「そうだ。この先は我々が考えるべきことだ」

ノズロが話を継ぐ。

「貴様らには、ずいぶんと世話になった。感謝する。だが……これ以上の心配は無用だ」

「大したお礼はできないけど、故郷から持ってきた宝石を受け取ってちょうだい。きっといい値がつくはずだから……」

そう言って懐を漁りだしたルルムへ、ぼくは言う。

「それはいいが、これからどうするつもりなんだ。奴隷になっている同胞のことは諦めるのか？」

ルルムが手を止めた。

ぼくはなおも言う。

「まさか、力ずくで奪還しようだなんて考えていないだろうな」

「……」

「倉庫の場所と構造、見張りの位置がわかったからずいぶんとやりやすくなっただろうが、ぼくはそんなつもりで奴隷商に取り次いだわけじゃないぞ」

「………それなら、どうすればいいの」

ルルムはぼくと目を合わせないまま、思い詰めた表情で言った。

「あんなところで、あんな風に捕まっている仲間のことを……見捨てろって言うの？」

「……」

「私たちの探している人は、あの中にはいなかったわ。知人がいたわけでもない。きっとあの上に捕まっている者たちも、私たちとは無関係な神魔だと思う。でも……放っておけないわ。ねえ、あなただったらどう？　もし魔族領へ来て、人間があんな風に扱われていても、平気でいられる？」

「……」

「……人攫いに拐《かどわ》かされた仲間を、同郷の者が助けるというだけの話だ」

ノズロがおもむろに言う。

「人間の国ではよくある揉め事だろう。我々はこれから他人に戻り、貴様はよくある揉め事を、ただ傍観していればいい。それだけのことだ」

「悪いが」

ぼくはそれに答える。

「人間同士の揉め事ならばともかく……人の国で、人ならざる者が働く狼藉を、黙って見過ごすつもりはない」

人を襲う獣や妖《あやかし》を捨て置けば、いずれ必ず自分にまで累がおよぶ。

ラカナのスタンピードとは違い、誰にも覚られず二人の魔族を消す程度、ぼくには造作もない。ためらう理由がなかった。

「やめておくことだ。ぼくを相手取りたくなければ」

二人の魔族は、沈痛な面持ちで押し黙った。

さすがに、森での一件で実力差は察しているようだ。

加えて、この二人には人を探すという本来の目的がある。こんなところで危険を冒すわけにはいかないはずだった。

しかし……感情は別だろう。

どうしようもなく沈黙を続ける二人に――ぼくは、溜息をついて言う。

「ぼくは一級冒険者だ」

「……？」

「つまり、どれだけ報酬の高い依頼だろうと受けられる」

やや口ごもりながら続ける。

「前にも言ったが、ぼくは知人のことはなるべく助けるようにしている。こうして言葉を交わしたのも一つの縁だ。だから、その……神魔なのだから、君らもそれなりに強いんだろう？　割のいい依頼をどれでも受けてやるから、それで金を貯めて仲間を買い戻せばいい」

「……!?」

ルルムとノズロが、驚いたように顔を上げた。

ぼくはわずかに目を伏せながら、そのままの調子で説明する。

「ルグローグの医術者が来るまで、最低一月はかかるそうだ。帝都への移送はその後になるから、ひとまずそれまで取り置かせてある」

買う気はあるが、金の用意に時間がかかると言ったら、エルマンはあっさりと納得した。

人一人が一生を遊んで暮らせるほどの額だ。金貨でも相当な量になる。たとえ帝都の金持ちでも、今日明日で用意できるようなものではないから当然だろう。

「一月かけて高額な依頼をこなせば、なんとか稼げる額のはずだ。金を貸してやる気はないが……依頼の手伝いくらいならしてやってもいい」

「ど、どうして……？」

ルルムの呟きには答えず、ぼくは傍らにいたメイベルへと目を向けて言う。

「これでいいか？　メイベル」

目を丸くしていたメイベルは、急に名前を呼ばれ、呆けたようにうなずく。

「う……うん」

「そうか」

ぼくは気を抜いて笑う。

「まったく……君にはもう関わりのないことなんだから、気にする必要はないのに」

「そ、それでも……もう誰も、兄さんのようにはなってほしくなかったから」

そう言って目を伏せるメイベルの頭を撫でてやると、おもむろに少女が顔を上げる。

「でも、よかったの？　セイカ。あんまり、深入りしたくなさそうだった、けど……」

「君に頼まれなかったら、ここまではしなかったな。まあこのくらいいいさ。あとは、この二人次第だ」

ぼくは、言葉を失っている様子のルルムとノズロへ目を向ける。

「それで、どうする」

「………同胞を助けられるのならば、願ってもないことだ」

口を開いたのは、ノズロだった。

神魔の大男は、ぼくへ真っ直ぐに目を向けて言う。

「ぜひ、頼みたい」

狭い部屋が、小さく沸いた。

アミュとイーファも表情を緩め、ほっとしたような顔をしている。

「セイカ、というのだったわね。ありがとう」

神妙な顔で礼を言ったルルムは、それから柔らかい笑みを浮かべて、メイベルへと言う。

「それに、メイベルさんも。何があったのかは知らないけれど……あなたのおかげで、私たちは仲間を助けられそうよ」

「いい」

それだけ言って首を横に振るメイベルだったが、その顔はどこかうれしそう見えた。

「えへへ、じゃ、みんなでがんばろっか！」

「さっそく明日の朝、ギルドへ行くわよ。あたしがおいしい依頼を選んであげるわ」

「アミュに任せると、またためんどくさい依頼、選びそう」

「今度は大丈夫よ！」

わいわいと騒ぎ出す女性陣を眺めていると、ルルムがすすっと近くへ寄ってきた。

思わず怪訝な顔になるぼくへ、小声で言う。

「あなたはその、もしかして……あの子たちより、ずっと年上だったりするのかしら？」

「……。いや、ほぼ同い年だが、どうしてだ？」

一瞬どきりとしたものの、ぼくは平然と訊き返す。

ルルムは、言葉に迷うように言う。

「いえ……なんだか、そう見えたものだから」

「……」

当たり前だが、転生してからこれまで年齢を疑われたことはなかった。

人間は見た目で歳を推し量れるから、疑われる理由がない。しかしひょっとすると……寿命の長い魔族ではそういう常識が通じないのかもしれない。容姿が同じでも、年齢が大きく違うこともありえる。

別に転生を見破られたわけではなく、ただ文化の違いだろう。

ぼくはおどけたように答える。

「そんなに老けて見えるか？　傷つくな」

「見た目ではなく、中身の話なんだけど……」

「人間の中身なんて、見た目以上にバラバラだ。あの子らはあの子ら。ぼくはぼくというだけだよ」

「ううん……いえ、そうね。ごめんなさい」

ルルムは、誤魔化すように笑って言う。

「私の思い違いだったみたい。思えば、私たちの中にもたまにいるもの。ちょっと年寄り臭い人」

「失礼な」

年寄り臭いはやめろ。

第二章　其の一　chapter II

翌日。ぼくたち六人はケルツ近くの森へやって来ていた。

そう、あのアルミラージが出る森だ。

「ねえ、本当によかったわけ？」

アミュが二人の神魔へと訊ねる。

「アルミラージ狩りの依頼なんか受けて。あたしたち、もっと高い依頼をたくさんこなさなきゃならないいんじゃないの？」

アミュの言う通り。

ルルムとノズロがまず選んだのは、ぼくたちが先日諦めたアルミラージ狩りの依頼だった。

「いいのよ」

ルルムが小さな笑みと共に言う。

「この依頼は場所が近いから、一日で終わる。効率で言えば悪くないわ」

「あたしたちも最初はそう思ってたけど……」

「大丈夫。見てて」

前方には、一匹のアルミラージがさっそく現れていた。

ぼくらを睨みつけながら角を揺らす兎型モンスターへ向かい、ノズロが一歩歩み出る。

唐突に、アルミラージが地を蹴った。

鋭い角を大柄な神魔へと向け、飛ぶように突っ込んでくる。

緩く拳を構えるノズロは……半身を引くことで、その突進を躱《かわ》すかに見えた。

だが、兎の小さな体とのすれ違い際。

「フッ！」

目にも留まらぬ鋭利な手刀が放たれ――――アルミラージの角を叩き折った。

「ギッ⁉」

兎型モンスターが鈍《にぶ》く鳴いて、森の地面に転がる。

そしてあっという間に、木々の合間を縫って逃げていってしまった。

「あーあ……」

アミュが残念そうに呟く。

「あんた、ずいぶんすごいことするけど……逃げられちゃったわよ？」

「いや」

短く言って、ノズロが下草の中に転がっていた角を拾い上げた。

それをぼくらに示す。

「一匹目だ」

「え……ええっ⁉　そんなのあり……？」

アミュが困惑したように言う。

「たしかに、角が討伐の証明だけど……これ、詐欺じゃない？」

「別に構わないだろう」

ノズロが淡々と説明する。

「この依頼の趣旨は、モンスターを減らすことではない。小型のモンスターを五十匹程度倒したところで意味はない。要は、街道にモンスターを近づけなければいいのだ。角の折れたアルミラージは、当面の間人間の生活圏へ姿を見せなくなるだろう。ならば問題あるまい」

「そ、それでいいのかしら……？」

「モンスターも自然の一部だ。過度に摘み取れば必ず報いを受けると、故郷では幼い頃に教わる」

「うーん……」

「まあ、いいんじゃないか？　そう固く考えなくても。依頼人の目的に沿うならいいだろう」

ぼくは言う。

「もっとも、ここからが大変だと思うけど」

◆◆◆

それから数刻後。

案の定、ぼくらを見て襲ってくるアルミラージの数は激減していた。

先日と同じように、すっかり警戒されてしまったらしい。

「や、やっぱりこうなっちゃったね……」

イーファが疲れたように言う。

「しっ……！」

その時、ルルムが不意に足を止めた。

全員が動きを止めたのを見計らうと、木々の向こうを黙って指さす。

「あっ……」

イーファが、微かに声を上げた。

指さした先には、一匹のアルミラージが佇《たたず》んでいた。

ただし、かなり遠い。

よく見つけられたというほどの距離だ。木々が重ならない奇跡的な位置に、薄茶の体がかろうじて見えるという程度。これほど離れていれば、向こうもこちらには気づいていないだろう。

おもむろに、ルルムが背中の弓を取った。

ぼくは思わず眉をひそめる。

ここから狙うのは、いくらなんでも現実的じゃない。加えて、ルルムの弓は取り回しを優先した短弓だ。当てることくらいはできるかもしれないが……威力も正確さもなければ、ただ逃げられるだけだ。

ぼくの不安を余所に、ルルムは弓を構え、矢をつがえる。

その時ふと――――鏃《やじり》から力の流れを感じた。

その正体を確かめる間もなく、ルルムは矢を放つ。

見た目以上に強弓なのか、矢は直線に近い軌道を描き……アルミラージの後ろ肢へと命中した。

「ギッ……!?」

近くにいた式神が、アルミラージの短い苦鳴を聞き取る。

致命傷にはほど遠い。

逃げられる、と思った。

だが次の瞬間――――鏃を起点に急激な力の流れが現れると同時に、水属性魔法による氷が生み出される。

氷はあっという間にアルミラージの小さな体を覆い尽くし、やがてごつごつした一つの氷塊へと変えてしまった。

ごろんと横倒しになったまま、アルミラージは動かない。

一連の光景を目を凝らして見ていたアミュが、呆気にとられたように呟く。

「あの矢……もしかして魔道具？　あんたって、付与術士《エンチャンター》だったの？」

「ええ。おもしろいでしょ、あの矢」

ルルムが、少しだけ誇らしげに言った。

付与術士《エンチャンター》とは、器物に魔法を込める魔術師、要するに魔道具職人のことだ。

魔力測定の水晶玉や災厄除けの護符など、こちらの世界では魔道具と呼ばれる有用な呪物が少なくない。だから、特に珍しい魔術師ではなかったが……魔族の付与術士《エンチャンター》とは意外だった。

生まれながらに魔法を扱える彼らは、もっと奔放《ほんぽう》に魔法を使うイメージだったから。魔族が作った魔道具も出回っているから、むしろいて当然ではあるんだけど。

アミュが言う。

「矢はすごいと思うけど……魔族にも、魔道具を作る人がいたのね」

「魔道具職人くらい、どんな種族にもいるわ。なに？　私たちはもっと、蛮族みたいな種族だと思ってた？」

「そうじゃなくて……神魔ってこう、無詠唱ですごい魔法使うとか、そういうイメージだったから。思ったより地味で意外だったのよ」

「じ、じ、地味⁉」

なんだかぼくと同じようなことを思っていたらしいアミュの言いように、ルルムが口をあんぐりと開ける。

「人間の国では知らないけど、付与術士《エンチャンター》は故郷では尊敬されているんだからね⁉　もちろん私だって……」

「……ふっ」

「なに？　ノズロ。あなたなんで今笑ったの」

「い、いや……」

真顔で詰めるルルムに、神魔の武闘家がうろたえる。

その様子に、ぼくは思わず口を挟む。

「なあ。喧嘩もいいけど、この近くにはけっこうアルミラージがいるみたいだぞ」

「わかってるわ」

鼻を鳴らして、ルルムが答える。

森を見渡すその目は――どういうわけか、木々や茂みに隠れるアルミラージの群れを捉えられているように見えた。

「私の矢にも限りがあるから……ここからは、全員で追い込むことにしましょう。手伝ってくれる？」

◆　◆　◆

そして、数刻後。

「えいっ！」

イーファの精霊魔法による風の槍が、アルミラージの角を根元から折る。

傷を負った本体は逃げていくが……それで終了だった。

「やったーっ！　これで五十匹達成ね！」

アミュが万歳し、弾んだ声を上げた。

「まさか、本当に一日で終わるとは思わなかったわ！」

空を見ると、まだ日は高い。

これならギルドに戻って依頼の達成を報告し、さらに次の依頼を選ぶくらいの時間はありそうだった。

　メイベルが微妙に残念そうな顔で言う。

「なんだか、ほとんどなんにもしなかった、気がする」

「あんた今回役立たずだったわねー」

「……うるさい」

「もう……そんなことないよ。わたしのこと守ってくれたじゃない」

「そうだった」

　ふと、アミユがルルムたちの方を向いて言う。

「でも、やっぱり六人パーティーだと違うわね。あんたたちがいて助かったわ」

「パーティー……」

　ルルムが小さく呟き、それから首を横に振った。

「いいえ、助けられたのは私たちの方よ」

「そういえばそうだったわね。だけど、あたしたちもこの依頼を達成できてすっきりしたわ。なんだか中途半端だったから」

　アミユがにっと笑って言う。

「次は、もっと高い依頼にしましょう。せっかく六人パーティーを組んだんだもの」

「……そうね」

　ルルムが、釣られたように笑った。

それからふと、不思議そうな顔をして、ぼくへと訊ねる。

「そういえば……あなたは今回、手を出さなかったのね」

「ん？」

「召喚士《サモナー》なのに、何も召喚しなかったじゃない。大きなモンスターを使えば、もっと一度にたくさんのアルミラージを追い込めたかもしれないのに……」

「ぼくは召喚士《サモナー》じゃないぞ。それに、この子らと冒険に行く時はいつもこうだ」

「え？」

「セイカは、回復職《ヒーラー》。モンスターを倒すのは、私たち」

「ええ？」

「ダンジョンでは灯《あか》りもつけてくれてるよね」

「あと、運搬職《ポーター》の仕事もね。でもそれくらいかしら。なんかすごい、わけのわかんない魔法も使えるけど、そういうのは冒険ではなし！　ってことにしてるわ」

「ええ……ど、どういうこと……？」

ルルムが困惑したように言う。

「私が言うことではないかもしれないけど……もったいないのではないかしら？　そんな力を持っているのに……」

「いや、ぼくらはこれでいいんだ」

ぼくは微笑と共に言う。

「貸しばかり作るのも、借りばかり作るのもよくないからな」

「借りばかり………そうね」

何か思うところがあったかのように、ルルムが呟いた。

「そうかもしれないわ」

◆　◆　◆

アルミラージの角を五十本納品し、達成報酬を受け取ったぼくたちは、さっそく次の依頼を受けることにした。

そうしてやって来たのが、とある村からほど近いこの谷だ。

「来るわよっ！」

アミュの声とほぼ同時に、前方で怒りの鼻息を吹いていた巨大な猪――ヒュージボアが地を蹴った。

ぼくは、平然とそれを眺める。

それにしてもでかい。小山のような大きさだった。ランプローグ家の屋敷で出くわしたエルダーニュートに近い大きさだが、体高の分こちらの方が威圧感がある。

近くの村から出された依頼が、このヒュージボアの討伐だった。

どうやらここ数年、猪系のモンスターがこの辺りで急増しており、山に入る猟師や木こりが困っていたのだとか。

おそらくボスとなる個体が現れたためで、初めはラージボア程度だと思われていたそうなのだが……実はこの大物だったことが逃げ帰ってきた冒険者の証言でわかり、ケルツやラカナの支部にまで依頼を出すこととなったらしい。

ヒュージボアは、紛れもない上位モンスターだ。

依頼の受注条件は四級以上。決して易しい相手じゃない。

しかし……ぼくはそれほど心配していなかった。

「下がっていろ」

その時、ノズロがすっと前へ歩み出た。

進行方向の岩を小石のように弾き飛ばしながら迫るヒュージボアを、真っ直ぐに見据えている。

道中では中位モンスターのサベージボアを何体も蹴り倒してきたこの神魔の武闘家だが……果たしてこの巨獣にはどう対応するつもりなのか。

ノズロは片足を引いて重心を落とし、拳を腰だめに構えた。

大地を抉るように蹴って加速するヒュージボアは……おそらく気づいていないだろう。

この魔族の内を巡る、強大な力の流れに。

そして、いよいよ二者が激突するその時――――、

「フッ‼」

巨大な猪の鼻面に向け――――弩砲《どほう》のような中段突きが放たれた。

凄まじい衝撃に、ノズロの踏みしめる周囲の土が、同心円状に舞い上がる。

「ブィィッ‼」

ヒュージボアが、重低音の呻き声を上げた。

突進の勢いを完全に殺され、ひるんだようによろめいている。

だが、まだだった。

頭を振るヒュージボアは――次いでその目に怒りを湛え、鋭い牙を矮小な魔族へと向ける。

しかしそれを振るう寸前、動きが止まった。

気を取られたのだ。大柄なノズロの肩を軽やかに蹴り、自身の頭上へと跳んだ、メイベルの影に。

少女は、すでに戦斧を振り上げていた。

ヒュージボアは、おそらく迷ったことだろう。

物の重さというのは、直接触れずともその様子からなんとなく予想できる。

大きさや、その動き。踏み台にされたノズロが微動だにせず、高く跳ぶことができたメイベルは、明らかに軽い……つまり、取るに足らない存在に見えたはずだった。

だからこそ――頭へと振り下ろされた戦斧を、避けようともしなかった。

「ブィ……ッ⁉」

谷中に響き渡るような、鈍い衝撃音が轟いた。

確かな手応えを感じたのか、埋まるほどに深く頭部に突き立った戦斧の柄から、メイベルは手を離す。

重力魔法で常軌を逸した威力となっていた戦斧は、ヒュージボアの分厚い頭骨をも、完全に砕いたようだった。

巨大な猪型モンスターがゆっくりと傾き、やがてどう、と横倒しに倒れる。

巨体が地を揺らす頃にはすでに、メイベルは死骸を蹴って下草の上へと降り立っていた。

「……ふう」

メイベルは一仕事終えたように息を吐く。

表情はあまり変わらないものの、どこか満足げだった。

「どのように身につけた技か知らぬが……大したものだな」

歩み寄った神魔の武闘家が、小柄な少女を見下ろしながら言った。

メイベルはノズロを振り仰ぐと、不敵な笑みを小さく浮かべて言う。

「あなたも、ね」

そんな様子を、ぼくらはただ眺める。

なんか、いつの間にか終わってしまった。

「あたしまだ、なんにもしてないんだけど……」

「わ、わたしも……」

アミュとイーファが、微妙な表情で呟く。

ルルムも苦笑しながら言う。

「ノズロは、ヒュージボアくらいなら一人でも倒せるから……でも、きっとメイベルさんもそうなのでしょうね」

それから、嬉しそうな顔になる。

「ともかく、これでまた依頼達成ね」

◆　◆　◆

ヒュージボアの牙を納品し、達成報酬を受け取ったぼくたちは、またすぐに次の依頼を受けることにした。

そうしてやって来たのが、大農園に近いこの森だ。

「えええええ、なにあれ……」

イーファが気味悪そうな声を上げる。

ぼくらの目の前に立ち塞がるのは、植物系モンスターの代表種、トレントだ。

ただし、普通のトレントではない。

樹木が根を動かし歩き回っている点は変わらないのだが……ずいぶんと不気味な姿だ。幹は微かに紫がかった黒色。蔓《つる》のように曲がりくねった枝が何本も伸びており、所々に粘菌のようなヘドロ状の液体を垂らしている。洞のような口と目も、普通のトレントよりずっと邪悪そうに見える。

上位種であり、闇属性魔法まで使ってくるトレント――――イビルトレントというモンスターだった。

たかもしれない。
洞の口が、威嚇《いかく》の声を上げた。あるいは久々の獲物へ出くわしたことに対する、歓喜の声だっ
「ボォォォォ……！」

どっちでもよかった。このモンスターが、今回の討伐対象なのだから。

依頼主は、近くにある大農園の経営者だ。

たまたま出くわした森番からの報告で、このモンスターの存在を知ったらしい。

これまでに被害があったわけではないのだが、近くに恐ろしいモンスターがいるとなると、やはり不安なのだろう。すぐにギルドへ討伐の依頼を出したそうだった。

農園が儲かっているためか、報酬もずいぶんと高額。ありがたいことだ。

イビルトレントは、もちろん上位モンスター。受注条件は四級以上だ。

こういった依頼は、報酬が高額でもすぐに達成されてしまうとは限らない。これまでにいくつかのパーティーが失敗し、帰ってこなかったらしい。

とはいえ、今回もぼくはそれほど心配していない。

「ボォッ！」

イビルトレントが枝を触手のように伸ばしてくる。

樹のくせに、それは意外なほど俊敏な動きだった。

「っ、と！」

アミュが軽く躱し、流れるような動作で枝を切り払う。

さらに、頭上を迂回し後衛へと伸びる枝を、下から氷の槍が貫く。左右から挟撃してくる枝を風の刃で断ち、追撃の枝を岩の砲弾が潰す。

剣にも魔法にもそつがない。

本来なら数人がかりでするような前衛の仕事を、アミュは一人でこなしていた。

あらゆる獣を凌駕するであろう上位モンスターの攻撃が、ただ一人の少女剣士によってすべて防がれている。

「あははっ、さすがにキツいわねー！」

と言いつつも、同じ前衛のメイベルやノズロに助けを求める様子もない。まだまだ余裕そうだ。

こうして見ると、この子の持つ才のほどがよくわかる。

「ボォォ……ッ！」

イビルトレントが、苛立《いらだ》ったように枝で周囲を打ち据える。

その時――――黒々とした洞《うろ》の口が、がばりと大きく開いた。

「ボオオォォォォォォォォ――――――ッ‼」

「いっ⁉」

アミュが、びくりと体を竦《すく》ませた。

肉薄する枝を慌てて切り払うが……先ほどまでの精彩がない。手数に押されるように、徐々に後退していく。

イビルトレントの咆哮《ハウル》だった。

トレント系のモンスターが使ってくるとは聞いたことがなかったが、この効果はまさにそれ。

そばに控えるイーファやメイベルも、足が竦《すく》んでいる様子だ。

イビルトレントは、どうやら調子を良くしたようだった。根のような足が蠢《うごめ》き、黒い樹体がぼくらへ迫る。

再び大口が開く。

「ボオオォォォォォォォォォ――――ッ‼」

アミュたちが揃って後ずさる。

そんな中――短弓に矢をつがえながら、ルルムが鬱陶しそうに言った。

「ずいぶんやかましい樹ね」

ふつ、という小気味良い音と共に、小ぶりな矢が放たれる。

それは開ききった洞の口へと真っ直ぐ飛び込んでいき――――直後、内側から緋色の炎が爆発した。

「ボォォォォォォッ⁉」

イビルトレントが絶叫を上げる。

枝をめちゃくちゃに振り回して暴れ回るが、自身の内側から燃え上がる炎を消す術《すべ》は、さすがに持っていないようだった。

醜悪な樹のモンスターはやがて動きを止めると、めきめきという音と共に、森の土へと緩慢に倒れ伏す。

モンスターの死骸で燃え盛っていた炎は、次第に勢いを弱めていった。

明らかに自然な現象ではない。火災防止のためか、鏃に元々そのような効果が付与されていたようだった。

魔道具には、術士の腕次第でかなり複雑な効果も込められる。

上位モンスターであるイビルトレントをただの一射で仕留めたことからもわかる通り、かなり上等な鏃を使ったらしい。付与術士《エンチャンター》として、ルルムはそれだけの実力を持っているのだろう。

一連の様子をぽかんとしながら眺めていたアミュへ、ルルムが自慢げな笑みと共に話しかける。

「どう？　これでも地味かしら？」

「う、ううん」

アミュが首を横に振る。

「ねえ、あんたさっき普通に動いてたけど……神魔って咆哮《ハウル》効かないわけ？」

「効かないわけではないけれど、あれくらい平気。あなたは、ずいぶん怖がっていたわね」

「し、仕方ないでしょっ」

「ふふっ、人間って繊細なのね。あなたはそんなに剣も魔法も上手なのに。最初に遊ばなければ、一人でも倒せたくらいじゃないかしら？」

「うーん……そうね。いけたかも。あたし、今までも何度か上位モンスターだって倒してるし」

アミュがそう言ってうなずく様を、ルルムは少々苦笑しながら聞いていた。

「もう、終わっちゃった」

「わ、わたし今回もなんにもしなかったよ……」

メイベルとイーファが、なんとも言えない表情で呟く。

「かまわないだろう。早く済むに越したことはない」

焼け残ったイビルトレントの樹皮を剥いでいたノズロが、立ち上がって言った。

「次だ」

◆　◆　◆

イビルトレントの樹皮を納品し、達成報酬を受け取ったぼくたちは、またすぐに次の依頼を受けることにした。

そうしてやってきたのが、この岩肌の露出する険しい山だ。

「あっ、あれじゃない？」

山頂付近にぽっかりと空いた、巨大な縦穴洞窟。

それを覗き込んでいたアミュが指を差して言った。

視線の先には、真っ赤な葉を揺らす植物が、岩肌にへばりつくようにして生えている。

「わっ、本当に赤いね」

「あれが、朱金草？」

イーファとメイベルが、同じく縦穴を覗き込んで言う。

どうやら、ぼくたちはあれを採ってこなくてはならないらしい。

今回ぼくたちが受けた依頼は、朱金草という珍しい薬草の採取だった。

前世では見たことのない植物で、どうやら魔法薬の原料になるらしい。

妖怪の肉や霊樹の実など、呪力を帯びたものを体に取り入れると、たいていはろくでもないことが起こる。だから前世では、知識のある人間ほど避けたものだったが……どうやらこちらの世界では、一部のモンスターや植物に限って、食用や薬になっているようだった。よくやるよと思う。

とはいえ、朱金草自体に危険はない。

だから安全そうな割に、報酬が高額な依頼だと思ったのだが……その理由がわかった。あれはなかなか採りに行けない。

しかも道中ではモンスターが出るうえに、姿を現すのは一年の決まった時期だけ。薬師が自分で採りに行かず、冒険者ギルドへ依頼を出したのも納得だった。

「問題は、どうやって採るかだけれど」

ルルムが溜息をついて言う。

「困ったわ。せめて縄を用意してくるべきだった」

「降りるしかないだろう」

ノズロが荷物を下ろしながら言う。

「戻る時間も惜しい。他に方法はない」

「ええっ、ここ降りるわけ……？」

アミュが縦穴の下を覗き込んで言う。

洞窟の奥は奈落の闇で、どれほど深いかわからない。いくら魔族でも、落ちたらまず助からないだろう。

だが、ノズロは縦穴の縁へと歩きながら言う。

「俺一人でいい。お前たちはここにいろ」

「あ、あの、待ってください」

その時、イーファが口を挟んだ。

「たぶん、大丈夫だと思いますから」

「何……？」

イーファは訝しげなノズロの横を通り、縦穴の縁へと座り込む。

そして遠くの岩肌に茂る赤い薬草へ、そっと右手を向けた。

精霊の魔法による、風の刃が飛ぶ。

それは岩肌の朱金草を数本、まとめて刈り取った。

宙へと散った草が、奈落へと落ちていく。

だが直後、その周囲につむじ風が発生。高く舞い上げられた薬草はそのまま縦穴から飛び出すと、ぼくらの頭上を越え、後ろの草地へぱさぱさと落ちた。

おおー、と皆でどよめく。

「え、えへへ……」

「器用なものだな」

照れるイーファにノズロが呟くと、ルルムも優しげな声で訊ねる。

「あなたの魔法は……変わっているのね。もしかして、森人《エルフ》が使う魔法と同じものなのかしら？」

「あの、はい。遠い先祖に、森人《エルフ》の人がいたみたいで……」

傍らでは、メイベルとアミュが話している。

「アミュ、あれできない？」

「できるわけないでしょ。刈り取るだけならまだしも、回収できないわよ。あんな魔法、たぶん誰も知らないもの」

イーファが張り切ったように言う。

「えへへ、じゃあ、もっと採りますね！」

と、岩壁の薬草を風の魔法でどんどん採集し始める。

この分なら、納品に必要な量はあっという間に貯まりそうだ。

◆　◆　◆

「なあ。ぼくにもいい加減、何かやらせてくれ」

ギルドの掲示板の前でそう言うと、全員が、えっ？　みたいな顔でぼくを見た。

朱金草を納品し、達成報酬を受け取ったぼくたちは、またすぐに次の依頼を受けることにしたのだが……いざ依頼を選ぶ段階になって、ちょっと思うところがあってついつい口を挟んでしまった。

　アミュが戸惑ったように言う。

「あんた……急にどうしたのよ」

「どうしたもこうしたもない」

　ぼくは答える。

「けっこう依頼をこなしたけど……ぼくだけまだ何もしてなくないか？　やったことと言えばモンスターの死骸運びだけだぞ。君ら、誰も怪我しないし」

「いいじゃない、別に。今まで通りでしょ」

「いいや違う。ダンジョン探索はまだ気をつけることが多かった。視界を確保するとか、モンスターが潜んでいないか確かめるとか……。でも依頼は、目標に真っ直ぐ行って、達成したらそれで終わりじゃないか。ぼく、本当にただ歩いてるだけだぞ」

「えー、うーん……」

　アミュが面倒くさそうな顔をするが、ぼくはぐちぐちと続ける。

「酒場で君らは盛り上がってても、こっちは何もしてないからほとんど喋ることもないし……」

「そうですそうです！　セイカさまはこう見えて、意外とさみしがり屋なんですからねっ！」

　髪の中でユキが小声で煽ってきて頬が引きつるが、ぼくはなおも続ける。

「次の依頼はぼくに任せてくれ」

「じゃあ、セイカが選んだらいい」

メイベルが言うと、周りの面々も同調する。

「そ……そうね。いつも受注してくれるのはあなたなのだし、たまにはいいんじゃないかしら……」

「助力してもらえる以上、我々に文句などあるはずもない」

「そ、そうだね！　どれがいい？　セイカくん」

なんだか過剰に気を使われている感じがしたが……あまり気にしないことにした。

ぼくは言う。

「実は、前から目を付けていた依頼があったんだ」

不敵に笑い、ぼくは掲示板の隅に留めてあった紙へと手を伸ばす。

「次はこれにしよう」

◆　◆　◆

そうしてやって来たのが、この地下ダンジョンだった。

廃村の井戸から入らなければならないちょっと変わったこのダンジョンは、どうやら大昔にあった地下水脈の跡のようで、広大な横穴がずっと続いている。

大したモンスターは出ないものの、近くにある村の冒険者が小銭を稼ぐ場になっていて、以前までは定期的に人が訪れていたようだ。

もっとも最近はその限りでないようで、ここまで来る道も荒れ果てていたが。

「……本当に、この依頼でよかったの？」

隣で歩みを進めるルルムが、おもむろにそう問いかけてきた。

ぼくは笑って答える。

「心配するな。確かに報酬はあまり高くないが、時間を無駄にしないようなるべくすぐに済ませるさ。ダンジョンも迷うような構造じゃなくて助かった。明日にはケルツへ戻れるようにするから、少し付き合ってくれ」

「そうではなくて」

ルルムは、首を横に振って言う。

「依頼の討伐対象……ちょっと、厄介なモンスターよ。私やノズロでも勝てるかわからない。あなたの実力はわかっているけど……」

「そうか、厄介なのか。なら、ますます興味が出てきたな」

そう、冗談めかして答える。

今回の依頼の内容は、いつの間にかこのダンジョンに棲み着いていたという、とある強大なモンスターの討伐だ。

なんでも他のモンスターを食い荒らすうえ、危険で誰も討伐できないため、ここで小銭を稼いでいた冒険者たちが困っているのだとか。小さなダンジョンとはいえ、貴重な資源の源であることには変わりない。もしも核を破壊されでもしたら、決して安くない損失になるだろう。

とはいえぼくがこの依頼を選んだのは、人助けのためなどではなく、純粋にそのモンスターに興味があったからなのだが。

と、その時――ヒトガタの放つ光が、何か銀色の表面に反射した。ぼくは足を止め、周りのヒトガタを前方へと飛ばす。

灯りの中に浮かび上がったのは……巨大な、銀色の球体だった。

高さは一丈半（※約四・五メートル）ほどもあろうか。

球体には、四肢も顔もない。接地面は扁平に歪んでおり、まるで葉についた水滴のような形だったが、その天辺には鋭い突起が王冠のように円く並んでいる。

そして銀色の表面は、微かに揺らいでいた。

生きている。

「っ！」

「あ、あれが……」

「マーキュリースライムキングか。はは、なかなか迫力のある見た目だな」

金属の体を持つと言われる、スライム系モンスターの上位種。

文献で見て以来、興味があったモンスターの一つだった。

ぼくは、固まっているパーティーメンバーを振り返って言う。

「じゃあ、ちょっとそこで待っていてくれ」

巨大な金属のスライムへと歩み寄っていく。

近くで見ると、よくこんな存在があったものだと思う。まるで生きた水銀だ。冒険者の間でも、マーキュリースライム系のモンスターはよく水銀に例えられるらしい。

ただ……こいつの性質は、おそらく水銀よりも鉄に近いはずだ。

その時、マーキュリースライムキングの体が蠢いた。

水滴のような体が、ずりずりと這いずる。

その下でコロンと転がったのは、何やら黒ずんだ兜《かぶと》。その形状や色合いを見るに、リビングメイル系モンスターの上位種、カースドメイルの頭部であるようだった。

ただし、胴より下は存在しない。武器である剣や盾も含め、すべて食べられてしまったようだ。

ぼくは、一人うなずいて呟く。

「なるほど。やっぱり鉄を取り込むんだな」

その時。巨大なスライムの体から、触手のような偽足《ぎそく》がにゅっと伸びた。

それは瞬く間に太くなり、ぼくの頭上へと振り上げられる。

その様子を見て、ぼくはまた一人うなずく。

「へぇ、そういう風に攻撃するのか」

呟いている間に、もう印は組み終えている。ぼくは考え事を続ける。

このモンスターの体は、おそらく水銀ではない。鉄や小鬼銅《ニッケル》のような金属粒子を含んだ、磁力に反応する液体だろう。

ミツバチは、腹部に磁気に反応する鉱物を持つ。他にも渡り鳥や鯨など、磁気を感じ取る器官を持つ生き物は数多くいる。このスライムの体も、そういった類のものではないだろうか。

根拠もある。頭頂にある王冠のような突起、あれは磁場の形に沿ってできるものだ。磁石に砂鉄を吸い付けた時にも、あれとよく似た形のものが現れる。

いや……これはもう間違いない。

まるで蠅《はえ》を潰そうとするように、太い偽足がぼくへと振り下ろされる。だが、まったく問題はない。

《陽《よう》の相《そう》――磁流雲《じりゅううん》の術》

マーキュリースライムキングの真上に浮遊していたヒトガタが、術の解放と共に強力な磁場を生み出した。

磁気に反応する体なら、《磁流雲》の磁場には抗えまい。

金属のスライムは、磁力によって為す術なくヒトガタに吸い寄せられ、球体の全身にあの王冠のような突起を作って動きを止める――――はずだった。

だが。

「…………あれ？」

凄まじい磁場のただ中にあってなお……マーキュリースライムキングが、動きを鈍らせる様子はなかった。

太い偽足が、そのままぼくへと振り下ろされる。

「セイカくんっ⁉」

水塊が落ちたような音と共に、イーファの叫び声がダンジョンの中に響き渡る。

マーキュリースライムキングは、振り下ろした偽足を再び取り込むようにずりずりと這いずった。ただ……潰したはずの相手がいなくなっていたせいか、どこか不思議そうにも見える。

直前に転移で躱したぼくは、ダンジョンの壁際で頭を掻く。

「おかしいなぁ……」

磁場に反応しない……ということは、あれはもしかすると、本当に水銀なのかもしれない。

水銀ならば磁力にも反応しない。磁石に吸い寄せられる金属は、鉄や小鬼銅《ニッケル》など、実は一部に限られる。

「ということは……あの金属の体は単に重さを確保するためで、王冠もただの飾り……なのか？」

どうやら予想はすっかり外れたようだった。

「ちょっと、大丈夫⁉」

「加勢が必要なら言え‼」

「あー、平気だよ。ちょっと誤算があっただけだから」

後方で大声を上げる魔族二人へ叫び返す。

その時、どうやらぼくを見つけたらしい金属スライムが、再び偽足を伸ばした。

今度は、まるで鞭《むち》のように横薙ぎに振られる。

水銀の豪腕が迫る中……ぼくは片手で印を組み、そして溜息をつきながら浮遊するヒトガタを向けた。

「それなら、これでいいか」

《金《ごん》の相――――混凝汞《こんぎょうこう》の術》

その体色とよく似た銀の波濤《はとう》が、マーキュリースライムキングへと襲いかかった。

呪《まじな》いで生み出された銀色の液体は、巨大スライムにまとわりついた状態で硬化し始める。《混《こん》凝汞《ぎょうこう》》は、本来拘束のための術だ。

しかしこのスライムには、あまり意味を為していないようだった。

浴びた液体を、そのまま体の中へずぶずぶと取り込んでいく。動きが妨げられている様子はまったくない。

やがて周囲の液体すべて吸収したマーキュリースライムキングは、突然何本もの偽足を伸ばし、大きく広げた。いい加減に業を煮やしたのか、そのすべてをぼくへと強襲させる。

変化は、その時起きた。

偽足の一つが、自重に耐えかねたかのように突然ぼとりと落ちた。

一つ、また一つと、偽足が次々に折れていく。その断面からは、瘡蓋《かさぶた》のようなものが湧き上がっては剥がれ落ちる。

その変化は、マーキュリースライムキングの本体にもおよんだ。

銀色の球体の表面から、同色の瘡蓋がどんどん湧き上がり、剥がれていく。

マーキュリースライムキングは悶え苦しむように全身を波打たせるが、硬化し、ぼろぼろと剥がれ落ちていく自身の体の変化を止めることができない。

瘡蓋化は次第に、球体の奥へ奥へと浸食していき――――そしてついには、巨大な銀色の体すべてが、乾ききった土のようなひび割れた塊と化してしまった。

どこか神秘的でもあった液体金属の体は、もはや見る影もない。

ぼくは剥がれ落ちたスライムの体の一部を拾うと、呆気にとられている仲間たちのところへと普通に歩いて戻る。

「討伐完了だ。誤算があったせいで少し手こずったが、約束通り明日にはケルツへ戻れるぞ」

「え、ええと……とりあえず、無事でよかったわ」

ルルムが、どこか戸惑ったように言う。

「でも……あれは何？　マーキュリースライムが、なんであんな……」

「説明が難しいな」

水銀などの常温で液体となる金属に、銅や銀などの粉末をよく混ぜると、合金を形成し短い時間で硬化する性質がある。

《混凝汞《こんぎょうこう》》はこれを利用し、敵を拘束したり、壊れた建造物を直したりする術なのだが……今回は金属粉を多めに混ぜて取り込ませることで、相手の体ごと硬化させることにしたのだ。

マーキュリースライムキングの体は、やはり水銀かガリアの汞《ガリウム》あたりからできていたようで、予想通り固まってくれた。

しかし、説明するとなるとちょっとややこしい。

「後で落ち着いたら言うよ。ひとまずはダンジョンを出よう。余計なモンスターに出くわしても面倒だ」

「セイカくん……大丈夫？　怪我しなかった？」

心配そうな顔のイーファに、ぼくは笑って答える。

「なんともないよ。ぼくが怪我なんてするわけないだろ」

「うん……」

「ねえそれ、大丈夫なの？」

「だから平気だって。なんだよ、アミュ。君まで心配してくれるのか？」

「違うわよ」

と、アミュは顔をしかめて言う。

「あんたがあの程度のモンスター相手にどうにかなるなんて思ってないわよ。あたしが心配してるのは、それ」

「ん？」

アミュが指さしたのは、ぼくが持つマーキュリースライムキングだったものの一部だった。

「これがどうかしたか？　確かに気味が悪いかもしれないが、これを納品しないと報酬が……」

「依頼の達成要件は、マーキュリースライムキングの一部を持って帰ることでしょ？」

アミュが微妙な表情で言う。

「その金属の塊をギルドに出したとして……スライムの一部だったなんて信じてもらえるかし

ら」

「え……？　あっ」

その後。

なんとか元に戻そうとがんばってみたものの、結局ダメだったので……仕方なく、呪《まじな》いで作った水銀を小瓶に詰めて代わりに納品することにした。

報酬は無事もらえたものの、提出した時はバレないかとヒヤヒヤした。

これからはもうちょっと考えて倒すことにしよう。

混凝汞の術

アマルガムによって相手を固める術。水銀などの液体金属に、銀や銅、亜鉛や錫《すず》などの金属粉末を混合すると、合金を形成し短い時間で硬化する性質がある。本来は拘束や建物修復のための術だが、今回セイカは金属粉末を過剰に混合することで、敵の体に含まれる液体金属を硬化させた。

その後も、ぼくたちは続けて依頼をこなしていった。

報酬が高額な依頼ばかり選んで、しかもきっちり達成してくるぼくたちは、もうすっかりギルドの有名人だ。

ルルムたちのことを考えると、あまり目立つわけにはいかないが……今のところ、噂の中心は一級冒険者であるぼくのようなので、とりあえず放っておいている。

金も、これまでは順調に貯まっていた。

ただし……、

「うーん……」

ギルドの掲示板を眺める、仲間たちの表情は険しい。

理由は簡単。もうめぼしい依頼がないのだ。

報酬が高額な依頼なんて、元々そうたくさんあるはずもない。おいしい依頼から手当たり次第に受注していったぼくたちの前に残っているのは、今や報酬が安かったり、遠方だったりといった、微妙な依頼ばかりだった。

ただ一つを除いて。

「……やっぱり、それしかない」

メイベルが、掲示板の左上隅にひっそり貼られている、古びた紙を指さす。

それはラカナの掲示板でも見た、冥鉱山脈に棲むヒュドラ討伐の依頼だった。

「……」

口に出す者はいなかったが……全員、メイベルと同じことを考えていたはずだ。

この依頼を達成できれば、目標額まで一気に届く。

場所が遠く、行って帰ってくるまでに十日はかかりそうだが、期限にはなんとか間に合う。

小さな依頼をいくつ受けても、もう日銭程度しか稼げそうにない。もはやこれ以外にない……と。

ルルムが手を伸ばし、掲示板の依頼用紙を剥がす。

長い間貼られていたのか、その文字は全体的に薄れていた。

「……私とノズロだけでは、ヒュドラは倒せないわ」

ルルムが、ぽつりと呟いた。

「今までは、私たちだけでも手に負えそうな依頼を選んできた。あなたたちは、私たちの事情には関係ない。人間が神魔の奴隷を助ける理由なんてないもの。だから、いざあなたたちが手を引いても困らないような依頼だけを、これまで受けてもらっていたわ……だけど、もうそれでは間に合わない。仲間たちを助けられない。だから」

ルルムが、ぼくらの方を向いて言う。

「お願い、力を貸してちょうだい。一緒に仲間を助けてほしいの。お願いします」

そう言って、ルルムは頭を下げる。

沈黙が続いたのは、一瞬だけだった。

「今さらなに言ってんのよ」

アミュが、にっと笑って言う。

「ここまで来て途中でやめるなんて言わないわ。最後まで付き合うわよ」

「そ、そうですよ！　あと少しなんですから、みんなでがんばりましょう」

「ヒュドラくらい、きっと倒せる」

イーファとメイベルも続く。

「あなたたち……」

「……感謝する。人間に、ここまで助けられたことはなかった」

ルルムとノズロの呟きには、確かに感情が込められているように思えた。

ぼくは、ふと笑って言う。

「なら……さっそく馬車を手配するか。別の支部の依頼だから、先を越されないように急がないとな」

なりゆきで決まったこのパーティーの冒険も、いよいよ大詰めだ。

◆　◆　◆

そんなわけでさっそく馬車を頼んだぼくたちは、出立に向け各々準備することとなった。

時間を無駄にはできない。ケルツを発つのは明日の朝だ。

とはいえ、もう何度も冒険に出ているだけあり、皆すでに旅の準備も慣れたものだった。

必要な物を買い、荷造りも一通り済ませたぼくは、夕日の差し込む宿の部屋でベッドに体を横たえる。

「ふう」

「なにやら、手強《てごわ》い物の怪《もののけ》に挑むようでございますが」

髪の中からぴょこんと頭を出し、ユキが言う。

「やはりセイカさまがすべて片付けるおつもりなのですか？」

「いや」

ぼくは答える。

「今まで通り、ぼくはなるべく手を出さないようにするよ。今回の件は、あくまでルルムとノズロの問題だからな。あまり助けを借りすぎては、彼らも居心地が悪いだろう。はりきっているアミュたちもな」

「はあ……ですが、大丈夫でしょうか？　どうにも彼らは頼りないので……ユキは心配でございます」

「なに、たかが亜竜だ。援護はするし、いざとなったら助けにも入るよ。まあ、だけど」

ぼくは軽い調子で言う。

「彼らなら、きっと大丈夫さ」

「えっ……」

「どうした？」

「いえ……そのようにおっしゃるのは、少々お珍しいと思いまして」

ユキが驚いたように言う。

「セイカさまは、あまり……他者の強さを信用されるようなことは、なかった気がしたものですから……」

ユキの口ぶりには、当然に前世のことも踏まえた響きがあった。

しかし、ぼくは首をひねる。

「ええ……そうだったか？　ぼく、大きくなった弟子のことはみんなちゃんと認めてたぞ。呪《まじな》いはともかく、剣術や学問でなら敵わなくなった子も多かったし」

「はあ、そう言われれば」

「転生してからもそうだ。あの子らにはちゃんと才があると思っているし、それ以外にも決して軽《かろ》んじられない相手に多く出会った。お前にもたまにそのようなことを話していなかったか？」

「あれぇ、たしかに……いえ、そういうことではなくて、ううむ……」

ぼくの頭から降りたユキが、難しそうに唸る。

「と、とにかく、ユキはそのような傾向は好ましいと思います！　そう言いたかったのでございます！」

「はあ……そうか」

　ぼくは苦笑する。なんだかよくわからない結論になった。

「まあ、モンスターなんてどうにでもなるさ。倒せばいいんだからな。何事も、そのくらい単純であればいいのに」

「ん？　と、おっしゃいますと……なにか懸念があるのでございますか？」

　ぼくの言いようが気になったようで、ユキが訊ねてくる。

「ひょっとして……報酬が足らず、奴婢《ぬひ》の代価を用立てられそうにないとか？」

「そうじゃない。むしろ……どちらかと言えば逆だ」

「逆？」

「安すぎるんだよ。奴隷の代金がな」

　ぼくは説明する。

「エルマンが出してきた金額は、人一人が一生を遊んで暮らせるような額だ。確かに普通の奴隷に比べればずっと高い、途方もない金額ではあるんだが……それでも、帝都の富裕層なら気軽に出せてしまいそうな額でもある」

　奴隷の相場は、時に青天井とも言われる。

　神魔の奴隷なんてそうはいない。全員ではなく一人あたりにそのくらいの値がついても、驚かないくらいだった。

「もちろん、帝都まで輸送するには費用がかかる。奴隷の食事代や、倉庫を借りる金も必要だろう。ただ、それを差し引いても……ここでぼくに渋い値段で売ってしまうよりは、当初の予定通り競売にかける方がはるかにいい気がするんだよな」

「はあ、そうなのでございますか？　しかし、あの商人《あきひと》は……どうも、セイカさまへ売りたがっているように見えましたが」

「ああ……それが気にかかる」

それも、途中からだ。

初めにすべての奴隷を買うと言った時は、何言ってんだこいつというような態度を隠そうともしなかった。

しかしいざ見積もりを出す段になると一転、なぜかやたらと下手《したて》に出てぼくを引き留めるようになった。あの金額から、さらに値下げをすると言ってまで。

商人なのだから、損得に疎《うと》いはずもない。この先かかる莫大な費用に、まさか怖気《おじけ》づいたわけでもあるまい。

となると、やはり何かあるのだろうか。

事情か、あるいは思惑か……。

「……考えても仕方のないように、ユキには思えます」

ユキが、ぽつりと言う。

「仮に、あの商人が約束を違えるつもりなのだとしても……ユキたちにはひとまず、財貨を用意する以外の道はないのではないでしょうか。まさか今この時に、脅しつけて真意を吐かせるわけにもいきますまいに」

「ん……そうだな。お前の言う通りだ」

わずかに気にかかることはある。

だがこの懸念は置いて、まずは金を持っていかなければ話が進まない。

相手も商人だ。さすがに力ずくで奪ってきたりはしないだろう。

思わず溜息をつく。

知恵の回る人間を相手にすると、やはり考えることが多くなる。向こうの土俵で立ち会うのならなおさらだ。

妖《あやかし》やモンスターを相手にする時くらい、世の中が単純であれば楽なのだが。

◆◆◆

冥鉱山脈には、希少な魔石の鉱脈が大量に眠っていると噂される。

麓《ふもと》を流れる川の砂にすら、多種多様な魔石が混じる。秘境の奥地へ分け入り、鉱脈の一つでも見つけ出すことができれば、どれほどの富を得られるか……と、山師たちの間ではよく噂されているそうだ。

それを実行に移す者は、滅多にいない。

いても、たいていは帰ってこない。

魔石が大量に眠っているということは、その分魔力にも満ちているということだ。

ここ冥鉱山脈には、ヒュドラ以外にも厄介なモンスターが多数出現する。

「あっつ！」

パイロリザードの吐く炎を、アミュが慌てて避ける。

ぐるりと頭を回し、再び口を開きかけた深紅のトカゲを、イーファの風魔法が吹き飛ばした。

安堵するイーファを、今度はキメラが空から強襲する。だが、ルルムの放った矢が翼を貫き、瞬く間に氷で覆って地に墜とす。

前方では、ノズロがホブゴブリンの蛮刀《ばんとう》をへし折り、流れるように蹴り飛ばしていた。その横合いから襲いかかろうとするスケルトンナイトを、メイベルの戦斧が鎧ごと粉砕。同時に投剣を放ち、ルルムの方へ抜けようとしていたゴブリン二体のうち一体を刺し貫いた。もう一体には、すでにアミュの火炎弾《ファイアボール》が浴びせられている。

ずいぶん、戦闘がせわしない。

「はぁ、はぁ……これで、全部？　なんなのよもうー！」

「こ、こんなにモンスターが出るんだね……」

モンスターの群れが途切れたのを確認してから、アミュとイーファが堪らずこぼした。

無理もない。モンスターの数も種類も、ここはラカナのダンジョンよりずっと多い。

「ヒュドラなんて関係なく、こんな場所でのんびり採掘なんてできないんじゃないの？　危な過ぎるわよ……」

「それでも、力のある冒険者ならなんとかなる範囲だ。採掘は簡単にいかなくても、モンスターを倒して素材を集める場にはなる……ヒュドラさえいなければ」

複数の頭を持ち、毒の息吹《ブレス》を吐く亜竜。

出会ってしまえば助からないと言われるこのモンスターがいるせいで、冥鉱山脈には冒険者も含めて誰も立ち入りたがらない。

ヒュドラさえ討伐できれば、この山は人間にとって資源を生む土地になる。

群を抜いて高額な報酬は、将来にわたる収益が見込めるからこそだろう。

だが……それにもかかわらず、この依頼は何年もギルドの掲示板の片隅に留まっていたのだという。

その事実が、ヒュドラ討伐の困難さを物語っていた。

◆　◆　◆

山に入って、数日が経っていた。

未だ、討伐対象のヒュドラは見つからない。式神を可能な限り広範囲に飛ばしても、それらしい痕跡すら掴めていなかった。

広い山であるからある程度は覚悟していたものの、このままでは期日を迎えてしまう。あと二日も粘ってダメなら、ケルツへ引き返す必要がありそうだ。

簡易に作った寝床を抜け出したのは、二つの月が明るく照らす深夜だった。

皆から離れた場所で、ユキと話したかったのだ。

管狐《くだぎつね》の使う神通力は、人間の持つあらゆる技術と異なる。正直、ユキの力にあまり期待はしていなかったが……せめて少しでも可能性を上げるため、あらかじめ索敵を頼んでおきたかった。

夜の山の、草地を歩く。

辺りは静かだ。

この辺りはぼくが広く結界を張っているので、モンスターは近寄らない。だから、普通なら必須の見張りも立てていない。

戦闘は任せきりなのだから、これくらいはしてもいいはずだ。

と、その時——微かな水音が聞こえた。

ぼくは足を止める。確か、近くには水辺があった。

だが、この辺りにはモンスターどころか獣も近寄れないはず。

「……」

式神を飛ばしてもよかったが、ぼくはわずかな逡巡の後、自分で向かうことにした。

視力に劣り、力の流れも見えない鳥獣の目を通して確認するよりも、直接見る方が早い時もある。

ぼくは歩みを進め、やがて——その光景が目に入った。

湧き水によって作られた、清廉な泉。

その中心に、一つの人影があった。

しなやかな曲線を描く裸身。細身だが、胸には豊かな膨らみが見て取れる。黒く長い髪。月明かりに照らされた肌は死人のように白く、そして……全身に、入れ墨のような黒い線が走っている。

神魔の女が、ふと横目でぼくを捉えた。

「何？　覗き？」

眉をひそめて言うルルムに、ぼくは慌てて後ろを向く。

「いや、悪い……水音がしたから、様子を見に来たんだ」

「ふうん。別にいいけれど」

ちゃぷん、と。

ルルムが泉を泳ぐ、微かな水音が聞こえてくる。

「……しかし、そんなところで何をしているんだ？　こんな深夜に」

「決まっているでしょう。水浴びよ」

「何も、こんな時間にやらなくても……」

「あの子たちと一緒にならないようにしたかったの」

ルルムが、微かに笑う声が聞こえる。

「人間にとって、私たちの見た目は恐ろしいでしょうから」

「……」

ぼくはその時になってようやく気づいた。

ルルムもノズロも、体の紋様を隠す染料をぼくたちの前で落としたことは、これまで一度もなかったことを。

この国で暮らす魔族は少ない。

それも一部の獣人程度のもので、神魔となると聞いたことすらない。

かつて人間と、最も苛烈に敵対していた種族の一つなのだ。

正体が露見してしまえば、おそらくかなり面倒なことになる。

いつどこで誰に見られているかわからない以上、迂闊《うかつ》なことはできなかったのだろう。

「もっとも、中にはわざわざ覗きに来る物好きもいるようだけど」

「……いつになく楽しそうだな」

「そうね。どうしてかしら？　まさかあなたが、こんなことをするとは思わなかったからかもしれないわね」

「……」

「得体の知れない人間だと思っていたけれど、意外と男の子らしいところもあるのね。ふふ」

くすくすと、ルルムが笑う。

完全にからかわれていた。

見た目は二十にも満たない娘だが、長命種なだけあってやはりそれよりはずっと長く生きているのかもしれない。

「それはそうと、あなたもそろそろ水浴びをするべきだと思うわよ。あの子たちに嫌われたくないのなら」

「そうだな、考えておくよ。それじゃあ……」

「それに」

歩き去ろうとするぼくの背に、ルルムは言った。

「頭の上のモンスターにも、逃げられてしまうかもね」

ぼくは歩みを止めた。

振り返りもしないままに――不可視のヒトガタが、ルルムを向いて密かに宙へ配置されていく。

「そんなに怖い顔をしないで」

背を向けるぼくへ、ルルムは変わらない調子で言う。

「秘密にしていたのなら、誰にも話さないわ。あの子たちにも、ノズロにもね」

「……」

「ねえ、どんなモンスターなの？　見せてくれないかしら」

「……」

「セ、セイカさま……」

髪の中でもぞもぞするユキに、ぼくは嘆息して告げる。

「挨拶しなさい、ユキ」

「は、はい……」

ユキが、ぼくの頭の上から顔を出す。

「あの、ユキと申します。こんにちはぁ……」

「……えっ⁉」

ばしゃりという水音と共に、ルルムが驚いたような声を上げた。

「か……かわいい⁉　しかも、言葉がわかるの⁉」

「ひぇぇ……」

「それ、なんというモンスターなの？　あなたのペット？」

「ペット……まあ、そのようなものだな」

「セ、セイカさまぁ……」

「悪いが、これ以上質問に答える気はない」

「そう」

ぼくが言うと、ルルムはあっさりと引き下がる。

「じゃあ、今度撫でさせてもらえる？」

「機会があればな」

「えええ……」

「ふふ」

ルルムが小さく笑う。

ぼくは視線だけで、神魔の女を振り返る。

ルルムは体を泉に沈め、仰向けに目を閉じているようだった。

「なぜわかった」

「私には、力の気配のようなものが見えるのよ」

ルルムは微かに目を開け、説明する。

「土地に流れる力や、器物に込められた力……もちろん、モンスターや人が生まれながらに持つ力も」

「……それは、魔力がわかるということか？」

「魔力もわかるわ。でも……きっとそれだけじゃない。なんなのかと言われると、自分でもよくわからないけどね」

「……」

龍脈や呪力の流れを見る技術は、前世ではありふれたものだった。

多少の才があれば、修業によって習得できる。風水師など、相占《そうせん》を扱う者ならば誰でもこれができた。

だが、こちらの世界では聞いたことがない。

力の研究が進んでいないせいで、ルルムも自分に何が見えているのかがわかっていないのだろう。

「あなたのペットのことも、それで気づいたのよ。何か違う気配があるなって。もっとも、小さくて最初はわからなかったけどね」

「ああ、なるほどな……」

「だから」

ルルムが、静かに言った。

「あなたが持つもう一つの秘密も、私にはわかる」

「……！」

ぼくは、動揺と共に身構えた。

ルルムは、ややうしろめたそうに続ける。

「別に、脅そうというつもりはないの。あの子たちも知らないのよね？　このことも、誰にも言わないと誓うわ」

そうは言うが――とても信用できるものではない。

何に気づかれたのかはわからない。だが……その内容によっては、消さなければならないかもしれない。

下手をすれば、前世の二の舞にもなりうる。

「本当なら知らない振りをするべきだったのだと思う。だけど……私たちが探している人にも関係するかもしれないから、どうしても確かめたかったの」

そして、ルルムは言った。

「セイカ。あなたは――神魔の血を引いているのでしょう？」

山の静けさが浮かび上がるような、沈黙が流れた。

ぼくはぽかんとしたまま、素直な言の葉を紡ぐ。

「え……そうなの？」

「……はあっ？」

ルルムが、動揺したようにばしゃりと泉の中で立ち上がった。

白い裸身から目を逸らしつつ、ぼくは言う。

「いや待て、なんだそれ？　知らない……というか、たぶん君の思い違いじゃないか？」

「そ、そんなはずないわ！」

ルルムは大声を出して否定する。

「もしかして、自分で気づいていないの……？　あなたの持つ魔力の気配は、人間のものじゃないわ。それよりは神魔に近いものよ」

「……ぼくは魔力を持っていない。ぼくの使う符術は別の力によるものだ。魔道具での簡易測定ではなく、測定の儀式で出た結果だから確かなはずだ」

「いいえ」

ルルムは首を横に振る。

「魔力を持っていない者なんていないわ。物を食べて息をすれば、必ず魔力が生まれる。たとえ、魔法を使うことができないほどの微かな量であっても」

「それが、君には見えると？」

「ええ」

ルルムはうなずいた。

ぼくは考え込む。

どうやら彼女には……ぼくが見ている以上に細やかな力の流れが見えているらしい。

「……そうまで言われれば、否定はできないな。先祖に神魔がいなかったとも言い切れない」

「先祖？　いいえ、違う」

ルルムがまたも首を横に振る。

「そんな遠い繋がりだとは思えない。あなたの生みの親のどちらかが、神魔なのではないの？」

「はあ……？　まさか。それはありえない」

今度は断言できた。

「ぼくは貴族の生まれだぞ。魔族の血を引いているわけがない」

「いいから、教えて」

ルルムの声音には、いつの間にか必死な色があった。

「あなたのご両親は、どんな人なの？」

「……父は帝国の伯爵だ。ここから遠い田舎に領地を持っていて、魔法学の研究をしている。母は……愛人だったと聞いているが、会ったことはないな」

「っ……！」

ルルムが、息をのむ気配があった。

「その、お父上は……もしかして昔、冒険者をやっていなかった？」

「……！　よくわかったな。確かにそう聞いている」

「そ、それならっ！」

ルルムが畳みかけるように問う。

「今から二十年近く前、魔族領に訪れていなかった？　神魔の住む地に……」

「二十年前？　いや、それはない」

「え……」

戸惑いの混じる声を漏らしたルルムへ、ぼくは理由を話す。

「父が冒険者をしていたのは、確か当主を継ぐよりもずっと前だ。たぶん三十年近く前のことじゃないか？　それに場所も、ここよりずっと南方の、帝国の中心近くだったと聞いている。二十年前と言えばちょうど上の兄が生まれたくらいの時期だから、魔族領になんていたわけがない」

「そ……そう、なの………それなら、違うかしら……」

ルルムは、急に気落ちしたようになっていた。

ぼくは思わず眉をひそめる。

「いったいどうしたんだ？」

「……ひょっとしたら、あなたなんじゃないかと思っていたの……私たちが探している人の、息子が」

ぽつぽつと話す。

「年齢もあなたくらい。髪も瞳も、私たちと同じ色。それに、魔力だって」

「だけどぼくは……君らのような体の紋様は持っていないぞ」

ルルムは首を横に振る。

「それでいいのよ。だってあの人の夫は、人間だったから」

「……」

「私たちの里に迷い込んだ冒険者だった。貴族の生まれだとも言っていたわ。ただ、あの男はいつも調子のいいことばかり言っていたから、本当かどうかは微妙だけど」

「……」

「だからメローザの子は、神魔と人間の混血なの。人間と魔族の混血は、人間の血が強く出ることが多いから……容姿は、人間とほとんど変わらないはず」

ルルムは、うわごとのように続ける。

「それに、あなたほどの力を持っている人間なんて、他に……」

「……ぼくの知る限りで」

ぼくは、それを遮るように口を開いた。

「父上の領地に魔族がいるという話は聞いたことがなかった。ぼくの母は、きっと普通の人間なのだと思う」

ルルムの相づちを待たずに続ける。

「大戦のあった頃の時代には、この国にも捕虜から奴隷となった神魔が住んでいたそうだ。中には解放された後も魔族領に帰らず、地位を得て家族を持った者もいたらしい。母がそういった者たちの子孫で……ぼくにたまたま、先祖の血が強く出た。おそらくだが、それだけのことなのだと思う」

「……そうね……そういうことがあるとは、聞いたことがあるわ。じゃあ……また、違ったのね」

そこで、ルルムは力なく笑い、夜空を見上げた。

「メローザ……今どこにいるの……？」

視界の端で見たその横顔は、今にも泣き出しそうに見えた。

十六年と言っていた。ルルムの尋ね人が、魔族領から姿を消して十六年。

彼女はどれだけの間、そのメローザという神魔を探す旅を続けてきたのだろう。

「……血縁なのか？」

「血の繋がりはないわ。だけど……姉のような人だった」

「…………どんな容姿なんだ？　人間で言えば、どのくらいの年齢に見える？」

ルルムが、目を瞬かせた。

ぼくは言い訳のように続ける。

「人探しの旅にまでは付き合えないが……もしもこの先出会うことがあったら、君らのことを伝えるくらいはできる」

「……ふふ。あなたは……ずいぶんこじれた性格をしているのね」

ルルムが小さく笑って言う。

「本当はとてもお人好しなのに……まるで、誰かに親切にするのを、普段は我慢しているみたい」

「……ぼくには、力がある」

軽く目を閉じて言う。

「だが、力だけでなんでもできるわけじゃない。何もかもを救おうとしたところで、どうせどこかで破綻する。だから……義理や縁のある者だけを、助けることにしている」

「ふうん、そうなの……それなら私たちの間にも、縁が生まれたということかしら？」

「……別に、無理にとは言わない。いらない助けだと言うのなら、話はここで終わりだ」

「ふふ……ねえ、セイカ」

ぼくの問いには答えずに。

ルルムは、夜空に透き通るような声音で言った。

「私たちが、本当は――世界を救う旅をしているのだと言ったら、信じる？」

◆　◆　◆

泉のほとりに、ルルムが腰を下ろしていた。

ちなみに、もう服は着ている。魔道具で乾かしたらしい黒髪が、夜風に揺れていた。

傍らに立つぼくではなく、二つの月が映る水面を見つめながら、ルルムが口を開く。

「メローザは、神殿の巫女だったの」

まるで泉に向かって語りかけるように、ルルムは続ける。

「生まれはほんの数年しか違わなかったのだけれどね。私よりずっと小さな頃から神殿にいて、後から来て偉そうにしていた私にいろいろ教えてくれたわ。立場の違いも気にせずに……中には本当に、くだらない遊びもあったけど、あの頃は一緒になって笑っていたっけ」

「……」

神魔の文化や風習は、よく知らない。

だが、人間の社会とそう変わらないであろうことは想像がついた。

「私が神殿の仕事をすっかり覚えた頃……メローザが、森で人間を拾ってきたの。目覚めたあの男は、冒険者だって言ってたわ。仲間を逃がすためにモンスターと戦っていたら、崖から落ちて気を失ったんだって。私は怖くて、大人たちを呼んだのだけれど……あの男、口が上手かったのよね。縛り上げられたまま調子のいいことを言って、大人たちを丸め込んで縄を解かせていたわ。メローザが必死に庇《かば》っていたせいも、あったと思うけど」

「話を聞く限りでは、うさんくさい男だな」

ぼくがそう言うと、ルルムは笑声《しょうせい》を上げる。

「そうね。でも、悪い人じゃなかったのよ。いつも調子のいいことばかり言っていたけれど、仲間を庇って崖から落ちたのは、たぶん本当だったのだと思う。だから、メローザも好きになったんじゃないかしら」

「……」

「いろいろ揉めたりもしたけれど……最終的には里の仲間たちからも受け入れられていたわ。彼をいつまでも目の敵《かたき》にしていたのは、たぶん私だけだったわね。なんだか……彼女をとられてしまった気がして」

そう言って、自嘲するような笑みを浮かべる。

ルルムの口調は、完全に遠い過去を語るそれだった。

「それから……何年くらい経った頃だったかしら？　身籠もったことがわかって、メローザは神殿を去ったわ。その頃にはあの男の怪我もすっかり治っていて、仕事も家も持っていたから、そこで一緒に暮らすことになった。皆が祝福していたわ。もちろん私も。子供の名前だって、きっと考えていたと思う。だけど……」

口元をひき結び、ルルムは自らの腕を抱く。

「私が……視てしまったから」

「……何？」

「全部、台無しにしてしまった。黙っていればよかったのよ。せめて、誰かに言う前に……もう少し、考えていれば……っ」

「なんだ？　君は……何を視た？」

「……未来よ。世界を破滅に導く未来――――勇者と魔王の誕生を、他にどう言い表せばいい？」

「は……？」

ぼくは、思わず目を見開く。

「それじゃあ、君は……」

「そうよ。私が――託宣《たくせん》の巫女。神魔族のね」

ルルムは、どこか恥じ入るように言い切った。

驚愕に、ぼくは言葉が継げなくなる。

勇者と魔王の誕生を世界に知らしめる、託宣の巫女。

魔族側が勇者の誕生を把握していた以上、それは存在していて当たり前だ。

だがまさか、彼女がそうだとは……。

「あら……あっさり信じるのね。こちらの国では勇者も魔王も、とっくにお伽噺《とぎばなし》になっていたと聞いていたけれど」

こちらを見るルルムの口調は軽いが、どこか訝しんでいる様子だった。

ぼくは目を伏せて言う。

「……まだ信じたわけじゃない。口を挟みたくなかっただけだ。続けてくれ」

ルルムは泉に視線を戻し、話を続ける。

「私に視えたのは、二人の赤子の姿だったわ。一人は、髪の赤い人間の女の子。それからもう一人が……黒髪の、神魔の男の子」

「……」

「勇者の女の子の方は、何者なのかよくわからなかったわ。裕福な家に住んでいたようだけど、周りの人間の身なりがあまり貴族らしくなかった気もする。人間の国は広いから、これだけでは手がかりにもならない。でも……魔王の、男の子は……誰なのかがはっきりわかった。あの家も、両親の声も、全部……知っていたから」

「……」

「混乱していた私は、すぐに神殿の長へこのことを伝えたわ。それからほとんど時間の経たないうちに、メローザの子が無事に生まれたことを知った。だけど……喜んでいる余裕なんてなかった」

　ルルムは表情を険しくする。

「皆が騒然としたわ。里長も、長老たちも……。まさか自分たちの世代で、自分たちの里に魔王が誕生するとは思わなかったのでしょうね。それから四半月もしないうちに、もっと大きな里に住む神魔の長たちが私たちのところにやって来たわ。その後には、悪魔に、獣人、巨人、鬼人《オーガ》、三眼《トライア》、黒森人《ダークエルフ》のような者たちも……。全員が従者をたくさん連れて、大きな魔力や強力な魔道具を持った、指導者階級にある者たちだった。きっと彼らも自分たちの種族の巫女から、神魔に魔王が生まれたことを知らされたのでしょうね」

「魔族の巫女は、君だけじゃないのか」

「ほとんどの種族にいるはずよ。血が途絶えていなければ。もちろん、前回の戦争で魔王軍から離反した、森人《エルフ》や矮人《ドワーフ》にもね」

「……。彼らは君の里で、いったい何を話し合ったんだ?」

　口にしてから、訊くまでもない疑問だったかと思った。

　ルルムは力なく首を横に振る。

「何も……。話し合いになんてならなかったわ。神魔の長たちは、とにかく魔王を自分たちの種族が抱えているという優位を保ちたがった。人間との開戦を望む者は、指導者としての教育を幼い頃から施すべきだと主張して、逆に今人間と交流を持っている種族は、魔王など力のないうちに始末するべきだと言い張ったわ。同盟関係にある種族の主張を支持する者もいれば、今から魔王に取り入ろうとする者もいた。巫女である私も、一応会合には参加していたけれど……誰も、私の話なんて聞こうともしなかった」

「……」

「でもね、彼らは皆……一つの事柄だけは、確信しているようだったわ」

「それは……」

「このままでは、大戦が起こる」

思わず口をつぐむぼくへ、ルルムは続ける。

「魔王と勇者の戦い……人間と魔族の戦争よ。彼らが生まれた時、必ずそれは起きた。だから、今回も――きっと同じことになる」

話しぶりからするに、ルルム自身もそれを確信しているようだった。

「メローザの子が生まれて二月が経とうとした頃、ようやく当面の方針が決まったわ。魔王を、魔族領の奥地にある神魔の城塞へ連れて行き、そこで育てるということに……。どうするにせよ、人間の国から離れた地で、自分たちが魔王を支配下に置かなければならないと考えたのでしょう。その決定に、あの子の両親の意思は介在しなかったわ」

それから、ルルムは悔やむように言う。

「私が長に隠れて、メローザたちにそのことを伝えたのは……親切のつもりだった。事態は、もう私たちがどうすることもできないほどに大きくなっている。だから、せめて……お別れの時まで、大事に時間を過ごさせてあげたかった。またきっと会えるはずだから、それまで待つことができるように……って」

「……それで、どうなったんだ」

「二人は逃げ出したわ。幼い魔王を……彼らの宝物を、連れて」

ルルムは唇を噛む。

「私がそのことを知ったのは、すべてが終わった後だった」

「……」

「あの日のことはよく覚えてる。長たちの追っ手かあの男か、どちらかが放った魔法で森が燃えていたわ。あの男は追っ手と戦って死に、メローザと小さな魔王は行方不明。逃げた方角からするに、おそらくは人間の国へ向かった……そう聞いたわ」

ルルムは目を閉じて続ける。

「各種族の指導者たちは、箝口令《かんこうれい》を敷くことに決めた。すでに広まり始めていた勇者と魔王の誕生の予言だけは隠しきれない。だから魔王だけが、まだ生まれていないということにした。これなら、魔王が連れ去られたという危機を隠し、混乱を抑えることができる……と」

「……なるほど」

ぼくは小さく呟く。

ガレオスは、魔王の誕生を知らないようだった。

グライが言うには、フィオナの母親が勇者と魔王双方の誕生を予言した一方で、魔族側は魔王の誕生を把握していないらしい。それがなぜなのか、ずっと気になっていたのだが……理由がわかった。

指導者階級以外には伏せられていたのだ。

魔王が魔族の下から去ったという、途方もないほどの醜聞が。

ルルムは続ける。

「元々、早いうちに探し出すつもりだったのでしょうね……。でも、メローザは逃げ切った。今でも二人の行方はわかっていないわ。一向に魔王が誕生しないことから、最近では危機感を覚える魔族も出始めているみたい」

「……だろうな」

そのことだけは、ぼくも三年前からよくわかっていた。

「私は、それからずっと塞ぎ込んでいたわ」

ルルムは言う。

「でも、ある時神殿の長に、メローザのことはもう忘れるよう言われて……それではダメだと思ったの。このままメローザたちのことを忘れてしまったら、本当にすべてが終わってしまう。私も彼女も……そして、世界も。そう思ったから――――旅立つことにしたのよ。あの男の故郷である、人間の国へ。逃げ延びたメローザと、彼女の子を探しに」

「……」

「あの男のことだから、死んだと思わせて生きているかもしれない。そうでなくても、本当に貴族の生まれだったなら、メローザが彼の実家を頼ったかもしれない。希望はあると思ったわ。彼女は、きっと元気に生きてる。生きているなら、絶対に見つけ出せる……。知らない土地に行くことにも、迷いはなかった」

それから、神魔の巫女は微かに笑みを浮かべた。

「ただ、ノズロがついてくるなんて言い出すとは思わなかったけどね。神殿の戦士として、将来を期待される立場になっていたから……というより、小さな頃の印象が残っていたせいね。驚いたわ。あの怖がりが、まさか里を離れる決断をするなんて」

「…………ん？　もしかしてノズロって……君より年下なのか？」

「そうよ。少しだけだけど」

「きょ、今日一番の衝撃かもしれない……」

「ええっ、こんなことが？　もっと大変なことをたくさん喋ったと思うけど」

ルルムが少し笑って言う。

「だけど、本当に助かったわ。まさかこんなに長い旅になるとは思わなかったから……。一人だったら、途中で行き倒れていたかもしれないわね」

「……どのくらいになるんだ？」

「もう十五年よ」

十五年。

それは長命な神魔にとっても、決して短い歳月ではないはずだ。

「帝国のあちこちを回ったけど、神魔の母子がいるなんて話は一度も聞かなかった。ようやく聞きつけた奴隷の中にもいないし、貴族の生まれで神魔の血を引く男の子も、結局は人違い。はーあ……参るわね」

そう呟いたルルムの横顔は、どこか疲れているようにも見えた。

「……君らのように、正体を隠して生活しているのかもしれない」

「もしそうなら、この広い国で見つけ出すのは難しそうね。でも……もう最近では、そうであってほしいと思い始めているわ。今も無事に、生きてくれているのなら……」

ぼくは、少し置いて訊ねる。

「どうしてそれを、ぼくに話した」

「どうしてかしらね……。たぶん、巻き込んでもよさそうに思えたからじゃないかしら」

「巻き込む……？」

「実はこれまでにも、人間に親切にされたことはあったわ。明らかに怪しい私たちにも、事情を聞かないでいてくれたりね。だけど……所詮は人間だから。下級モンスターにもやられてしまうような弱い者たちを、私たちの事情に巻き込めなかった。恩を仇で返すような真似はしたくなかったの。ただでさえ、彼らの一生は短いのに」

「だが、ぼくを巻き込むのはかまわないと？」

「ええ。だってあなたは――――強いから」

ルルムは、はっきりとそう言い切った。

「どんな目に遭おうと、きっとなんとかしてしまうでしょう？」

「……ぼくにだってできないことはある。人間だからな」

嘆息と共に言う。

「それより、君の話を聞いたぼくが、君らを領主や軍に突き出すとは考えなかったのか？　もし魔王を見つけられれば、今一方的に勇者を抱える人間側の有利が失われることになる。ぼくがそれを許すように見えたか？」

「あなたはそんなことしないわ。お人好しだから。義理や縁があれば、助けてくれるのでしょう？」

「あのな……」

「それに……あなたもきっと、私の考えに賛同してくれるはず」

「考え？」

「ねえ……セイカは争いが好き？　戦争を望んでいるかしら」

ぼくは、少し置いて答える。

「……いや。そんなものは、無いに越したことはない」

「ええ、私もそう思うわ。魔族も人間も、戦争のたびに豊かになってきた。でも、もう十分……。

あなたも同じ考えなら、私たちに協力する理由があるはずよ」

「どういうことだ？」

「もし、セイカが私たちの立場だとしたら、どうする？　この状況から、どうやって戦争を止める？」

「……。ぼくが魔族なら………勇者を倒そうとするだろうな」

ぼくは、かつて呪《まじな》いを向けた魔族たちのことを思い出す。

「この先戦争が起こるとすれば、原因は戦力の不均衡になるだろう。ならば、それを正せばいい」

「そうね。そう考える魔族は他にもいて、中には勇者を討つために旅立った者もいたわ。戦力の不均衡が原因になるのは、その通りだと思う。でも……それでは駄目。戦争は防げないわ。だってまだ――魔王が残っているから」

「……」

「勇者が死ねば、今度は魔王の取り合いが始まる。決着がつけば、また戦力の不均衡よ。魔王を手にして力に驕《おご》った側か、相手の力に怯えた側が剣を向けて、戦争が始まってしまう。これまでにないほどの戦力を向けあう、最悪の大戦が」

「……」

ルルムの言い分には、筋が通っているように思えた。

魔王がすでに誕生しており、人間側にも魔族側にも属していない浮いた駒になっているのなら、自《おの》ずとそうなるだろう。

「それに、勇者を討つことは簡単ではないわ。見つけることすら難しいはず」

「……どうしてだ？　君も託宣の巫女なら、勇者の容姿は知っているはずだろう。人間は数が多いが、外見の特徴だけでもそれなりに絞り込める。赤髪で、十代の半ばの少女。そう、たとえば──」

ぼくは、踏み込んだ言葉を口にする。

「──アミュのような」

「そうね。綺麗な赤い髪で、きっと年齢も近い。剣も魔法も上手だと思うわ。だけど……違う。あの子は勇者ではない」

「……。どうしてそう言い切れる？　もしかしたらということも……」

「弱いからよ」

ルルムはそう、迷いなく言い切った。

「勇者は、たった一人でドラゴンすら倒すのよ。たとえまだ全盛に達していないとしても、生まれて十六年も経ってイビルトレントにも苦戦するなんてありえない。本当なら、もう人間の頂点に立つほどの剣士になっていてもおかしくないもの」

「だが……そんな条件に合う人物なんて、ぼくも思い当たらないぞ」

「そう、ありえないのよ。こんなに経って、未だ世に出てきていないなんて……何か強力な存在に、庇護されてでもいない限りはね」

「……」

「たとえば、国のような」

「……ただ剣を振る機会に恵まれなかっただけとは、考えないのか？」

「それこそありえないわ。勇者がそんな、平凡な運命に見舞われるはずがない。これまでにすべての勇者が、幼い頃から剣を抜き、力を振るった。だから、今回もきっとそう」

そうとは限らないんじゃないか……とは言えなかった。

なぜならぼくがいなければ、アミュはもっとずっと、強大な敵と戦ってきたはずだからだ。ガレオスに、魔族パーティーの一行。あるいは帝都の武術大会に出場し、アスティリアでドラゴンや召喚獣と戦ったのも、アミュだったかもしれない。

「今になっても名が上がっていないということは、人間の国が勇者を秘匿している可能性が高いわ。精強な魔族の戦士であっても、どこにいるのかわからなければ勇者に挑みようがない」

「……。勇者を狙っても仕方のないことはわかったが、なら君は……どうやって戦争を止めようと言うんだ？」

「私は、魔王を探し出して連れ帰る」

ルルムは、決意を秘めた声音で言う。

「そして各種族と同盟を結び、魔王軍を結成するわ。これまでと同じように。そのうえで――人間の国と、和平を結ぶの」

「……！」

「平時にはバラバラの魔族も、魔王の君臨する時だけは一つにまとまることができる。人間の政府相手に、交渉の席につくことができるのよ」

「君は、魔王を……外交特使にするつもりなのか」

「戦争は避けられなくても、一戦も交えず終戦させることはできると思わない？」

それはきっと、誰もが思いも寄らない策だったことだろう。

魔族の指導者も、人間の指導者も、誰も。

魔王に、平和の使者をさせようだなんて。

「塞ぎ込んでいた頃、私はどうすればよかったのかをずっと考えていたわ。それで、気づいたの。絶望の始まりだった、勇者と魔王の誕生――実はあの時が、これまで以上の平和を得る、この上ない機会だったことを」

ルルムはただ続ける。

「勇者も魔王も絶対に必要よ。人間が勇者を、魔族が魔王を抱える対等な立場であって、初めて対等な交渉になる」

「……」

「もしも和平を結べれば、それが続く限り戦争は起こらない。たとえまた数百年後に、次の勇者と魔王が誕生したとしても……私たちは、争うことなく共に生きられるの。ねえ、セイカ。だからこれは――きっと、世界を救う旅なのよ」

それは、夢物語に近い目論見なのだろう。

託宣の巫女とはいえ、十分な地位にないルルムが、それを成し遂げるのは困難だ。帝国がどのような意思で交渉に臨むかもわからない。

だが少しでも見込みがあるならば……それは本当に、世界を救う旅であるようにも思えた。

しかし。

「さっき君は……普通ならば、勇者はすでに世に名を馳せているはずだと言った。だが……」

どうしても、訊かなければならない問いだった。

「それは……魔王も同じじゃないのか？」

「……」

「魔族に庇護されていない魔王の存在が、未だ世に出ていないことは、どう説明する？　魔王は、本当に今も……」

「それはきっと、メローザがきちんと育てているからよ」

ルルムが、どこか困ったように笑って言った。

「あんなに生意気だった私にも、あれほどよくしてくれたのだもの……。きっと優しくて、賢い子に育っているに違いないわ」

自分が言った言葉を、自分で信じたがっているように見えた。

信じるしかないのだろう。

魔王がすでに死亡している。

あるいは、すでに帝国の庇護下にあり、匿《かくま》われている。

いずれの場合でも、ルルムの目論見は破綻するのだから。

神魔の巫女は、その時ふと小さく笑った。

「でも、そう考えたら……あなたが魔王かもしれないなんて、疑う意味はなかったわね」

「どうしてだよ。こんなひねくれた性格に育ったわけがないって言いたいのか？」

「そうじゃないわ。魔王ならきっと、もっと途方もない力を持っているはずだもの」

ルルムは苦笑しながら言う。

「あなたもすごい冒険者のようだけど、でも一級の冒険者って他にもいるんでしょう？」

「まあ、あちこちにいるようだな」

「伝承によれば、魔王は勇者よりもずっと早くから強大な力を得るそうよ。たぶん今はもう、人間なんて誰も敵わないほど強くなっているんじゃないかしら」

「う〜ん……」

勇者がドラゴン一匹をやっと倒せる程度なら、それといい勝負をする魔王も大したことはない気がする。

「勇者はなんとなく想像がつくんだが……魔王にはいったいどんな能力があるんだ？　人間の国に伝わるお伽噺は、なんというか今ひとつ曖昧《あいまい》で参考にならないんだ」

「ものすごい魔力量を持っていて、ありとあらゆる魔法が使えたと言われているわ。強力な配下を従えて自由に召喚したり、神器と呼べるような魔剣を作って山を斬ったり……誰も見たことがない、鉄を腐らせる魔法を使って、敵の剣や鎧をぼろぼろにしたとも言われているわね。あとは闇属性が複合した巨大な火炎弾《ファイアボール》で、死霊術士の生み出した死者の軍勢を焼き滅ぼしたりとか……」

「ふうん」

やっぱりそんなものか。

「なんだか拍子抜けって感じね」

「聞く限りでは、頑張ればぼくでもできそうだと思って」

「そうね……言葉にすれば、どうしても陳腐になってしまうわ。けれどきっと目《ま》の当たりにすれば、その強さがわかるのよ。バラバラのはずの魔族が、一つにまとまってしまうくらいだもの」

ルルムはぼくの言うことを本気にとらず、そんな言葉でまとめた。

穏やかな沈黙が流れる。

それは決して、居心地の悪いものではなかったが……それを破ってでも、ぼくには伝えておくべきことがあった。

「悪いが……君の目論見には協力できない」

「……」

「たとえそれが、うまくいけば人間と魔族の大戦を阻止できるものでも……成功の見込みが薄すぎる。勇者と魔王の存在すら、ぼくは信じ切れていない」

「……」

「君らの旅には付き合えない。ぼくはぼくで、やるべきことがある」

「ふふ」

意外にも、ルルムは大したことではないかのように笑った。

「あなたは、ずいぶん律儀なのね。大丈夫、最初からそこまで期待していないわ。これは私たちのするべきことだもの」

「……」

「ヒュドラの討伐は、手伝ってくれるのよね？」

「……ああ」

「もしもメローザか、彼女の息子に出会ったら、私たちのことを伝えてくれるかしら？」

「……そのくらいはかまわない」

「よかった。十分よ」

ルルムは泉のほとりから立ち上がり、ぼくを振り返る。

「ありがとう、セイカ」

「……礼を言われるようなことはしていない。ただ話を聞いただけだ」

「それでいいのよ。私はただ、愚痴を聞いてほしかっただけだもの」

ルルムは、微笑と共に言う。

「その相手を見つけるだけで、十五年もかかってしまったけれどね」

それはどこか、泣き笑いのようにも見えた。

◆　◆　◆

泉のほとりに一人立つぼくは、黙って月明かりの反射する水面を見つめる。

ルルムの姿はすでにない。もうとっくに野営の場所へ戻っていることだろう。

「あの、セイカさま……」

「悪い。少し考えさせてくれ」

「は、はい……」

頭を出したユキにそう言うと、ぼくは無言で思考に沈む。

まさかルルムが、託宣の巫女だとは思わなかった。

こんな巡り合わせがあるだろうか。

運命の存在は信じていないが、それを感じざるを得ないような出会いだ。

彼女の話で、わかったことはいくつかある。

勇者と共に、魔王が誕生していたこと。

魔王は人間と神魔の混血であり、帝国にいる可能性が高いこと。

それと、しいて言えば……アミュが弱いままである原因は、やはりぼくのせいだろうということか。

「強力な存在に、庇護されてでもいない限りは……か」

本当なら、アミュはすでに帝国に名を轟かせていたかもしれない。

何度も死線をくぐり、そのたびに力をつけて……魔王へ挑めるほどになっていた可能性もある。運命めいた巡り合わせと言うなら、あの子もそうだろう。ぼくが何もしなければ、もっとたくさんの強敵と剣を交わしてきたはずなのだ。

もちろん、勝てたとは限らない。むしろあの子が、ガレオスや魔族の一行を倒せた可能性は低いように思える。

だから、アミュを守ってきたことに後悔はない。

しかしそれでも、かつての勇者たちも同じような命運に見舞われてきたのだとすれば、あるいは……と考えてしまう。

「はあ……」

ぼくは頭を振った。

今、それはどうでもいい。

最大の問題は――――魔王が今、どこにいるのかということだ。

生まれているのだかいないのだかはっきりせず、いたとしても魔族領の奥地だろうと思っていた魔王のことは、これまであまり気にしたことはなかった。当面は関わることもないだろうから、と。

しかしルルムの話が確かなら、魔王はやはり誕生していて、しかも帝国にいるのだという。

ならば、今後は名も知らぬ彼のことも、多少は警戒する必要がある。

だが彼は、勇者と同様、未だ世間にその存在を知られてはいない。

フィオナの話しぶりや、官吏《かんり》や議員の動向を思い出すに、帝国が手中に収めているということはないだろう。

すでに死亡しているなどという、都合のいいことも考えづらい。

あるいはルルムの言う通り、メローザという神魔か、もしくは別の誰かによって慎重に匿われているのか……。

わからない。

魔王は今どこで、何をしているのだろう？

◆　◆　◆

翌日。

山に追加で放っていたコウモリの式神が、標的の姿を捉えた。

「ほ、本当なの？　ヒュドラを見つけたって」

「ああ」

信じられなさそうに問いかけてくるルルムへ、ぼくは歩みを進めながら短く答える。

まあ、信じられないのも無理はないかもしれない。

ルルムも力の流れが見えるようだが、式神を使えばそれをはるかに超えた範囲を探れる。

「確認したいんだが」

皆を先導しつつ、目だけで後ろを振り返る。

「ここのヒュドラは、妙な息吹《ブレス》を吐くんだったな」

「って、ギルドにいたやつは言ってたわねっ」

答えたのはアミュだった。

喋りながら倒木を飛び越える。

「生臭いような、変なにおいの毒らしいわ。普通ヒュドラの息吹《ブレス》は、硫黄《いおう》のにおいがする火山の毒のはずなんだけど、ここのやつのは全然違うみたい。透明に見えるけど、ほんの少しだけ青い色がついていて……浴びせたものを燃え上がらせるんだって」

前もってギルドで聞いていた情報を、アミュは話す。

ただそれは、眉唾物にも思える内容だった。

「枯葉に突然火が着いたり、間近で息吹《ブレス》を浴びた人の髪の毛がいきなり燃え始めたりしたそうよ。もっともその人は、体が焼けるよりも先に苦しんで死んじゃったそうだから、火よりも毒そのものを気をつけた方がいいと思うけど」

「その息吹《ブレス》は、物の色を抜くとも言ってたな」

「あー、そうとも言ってたわね。死体の服の血染みが薄くなってたり、葉っぱが白くなったり……。そのヒュドラ、真っ白な色をしてるみたいだけど、なにか関係あるのかしら？」

「関係あるかはわからないけど……」

しかし何を吐いてくるのかは、なんとなく想像がつく。

「こちらも、今一度確認したい」

　黙々と山を登っていた、ノズロがおもむろに言った。

「我々は息吹《ブレス》を気にしなくていいということだが……本当に対処を任せていいのか？」

「ああ」

　ぼくは短く肯定する。

「息吹《ブレス》を浴びようが、気にせず攻めてくれ。毒の弱点は、敵を止める物理的な力が弱いことだ。剣を振られたり火を吐かれるのと違って、その瞬間は問題なく戦い続けられる。効き目が現れるまでにはいくらか時間がかかるからな」

「しかしそれでは、敵を倒せてもこちらが死ぬ」

「これでも回復職《ヒーラー》だ。回復は任せてくれ」

「……わかった」

　わずかな間の後、ノズロはうなずく。

「いずれにせよ、貴様がいなければヒュドラ討伐は厳しい。信じることにしよう」

　ぼくへの不安に、ノズロはそのような形で折り合いをつけたようだった。

　思わず苦笑して言う。

「まあそれでも、なるべく息吹《ブレス》を浴びないよう立ち回ってくれ。こちらに面倒がなくて助かる」

　本音を言えば、ぼくが一人でぶっ飛ばしてしまうのが一番楽だ。支援に徹するとなると、余計な苦労が増える。

　ただそういうわけにもいかないから、人と人との関係は難しい。

「……」

ぼくはちらと、ルルムに目をやる。

神魔の巫女は、ひどい足場に苦戦しつつも、周囲の力の流れに気を配っているようだった。

これまでと何も変わらない。昨夜の出来事に気をとられている様子は、微塵も見られない。

ぼくは無言で視線を戻す。

それでいい。ぼくも彼女も、今はこれからの敵に集中するべきだ。

やがて――――。

「……ここだ」

目的の場所へたどり着いた。

そこは、細い谷を見下ろす崖だった。

下には急流が流れている。今はもっと上流にある、滝が削ったとおぼしき地形だ。

アミュがきょろきょろと辺りを見回す。

「……？　いないじゃない」

「この下だ」

崖際から何もない谷底を見下ろしつつ、ぼくは答える。

アミュは不思議そうにしながら、こちらへ歩み寄ってくる。

「下？　崖の下にいるってこと？」

「いやそうじゃなくて、崖の途中にある洞窟の中に……」

アミュが崖際から顔を出そうとした、その時。

谷全体が、薄青く色づいた。

「げっ！」

急いでアミュを引っ張る。

少女剣士がバランスを崩して尻餅をついた直後――――崖下から、ぬるい風が噴き上がった。

崖際に生えていた雑草や樹木の葉が、白く変色していく。

「ちょっと、なにすん……」

「喋るな。一度崖から離れるんだ――――来るぞ」

アミュの手を引いて立ち上がらせると、身構えるパーティーメンバーの下にまで後退する。

その時――――崖の下から、白い蜥蜴《とかげ》のような頭がにゅっと現れた。

ドラゴンよりも鼻面が長く、華奢な印象を受ける。だがその純白の鱗はいかめしく、生半可な攻撃は通しそうにない。頭は、長い首へと繋がっていた。

青緑色の目が、ぼくらを品定めするように見つめる。

「あ、あれがヒュドラ……？」

イーファが呟いた直後。

まったく同じ首が二本、崖下から伸びた。

さらに、一本。さらにもう一本……合計五つになった頭が、崖の先でぼくらを見つめながら揺れる。

「やっぱり、首は五つで間違いなかったのね……」

ルルムが険しい表情で呟く。

ヒュドラは複数の首を持つモンスターだが、その数が増えるほど危険になると言われている。

普通は三、四本であることを考えると、この個体は十分強敵と言っていいだろう。

崖際に太い爪がかかる。

ミシミシと岩を割りそうなほどの握力が込められ、ヒュドラが崖上に、その白い巨体を持ち上げた。細い首には不釣り合いにも映る強靱な胴体に、太く長い尾。

なるほど、もっとも剣呑な亜竜と呼ばれるだけはありそうだ。

アミュが目を白黒させながら言う。

「こ、こんなのどこに隠れてたのよ⁉」

「だから、崖の途中に洞窟があって、そこに潜んでたんだって」

どうりで今までなかなか見つからなかったわけだ。

山脈全域を徘徊し、積極的に冒険者を襲うという話だったはずだが……もしかしたら恐ろしさが誇張されていただけで、元々そこまで活動的なモンスターではないのかもしれない。

まあ何にせよ、見つけられたのならいい。

ぼくは軽く笑みを浮かべると、皆へ告げる。

「さあ、いよいよボス戦だ。こいつを倒してケルツに帰るぞ」

仲間たちが答えるよりも先に――――ヒュドラの五つの頭すべてが、まるで開戦を知らせるように甲高い雄叫びを上げた。

身構えるパーティーメンバーを後ろから眺めつつ、ぼくは思う。

さて……無事に終わればいいけど。

◆　◆　◆

ヒュドラは、意外にもそのまま突っ込んできた。

「っ、息吹《ブレス》吐くんじゃないわけっ⁉」

叫んだアミュを筆頭に、皆散り散りになってヒュドラの突進を躱す。

亜竜の巨体が、ぼくたちの中心でたたらを踏んだ。五つの頭は、誰を最初の餌とするか迷っているようだった。

前衛が壁となり、後衛が安全に大火力を撃つのがパーティー戦の基本だが、ここまで大きく、しかも頭が複数ある亜竜をアミュたちだけで止めるのは不可能だ。息吹《ブレス》の的にならないためにも、定石を無視して散開した方がいい。

このあたりは、一応事前に打ち合わせていた。

しかし、後は完全に各人の対応力任せとなる。

「ぐっ……！」

ノズロが、顎を大きく開けた頭の強襲を止める。

牙を横に受け流すように横転。首の内側に潜り込むと、突き上げるような掌底を放った。馬車ほどもある頭がわずかに浮き上がる。

だが。

「……チッ」

ノズロが舌打ちと共に距離を空ける。

ヒュドラは不快そうに頭を振ったのみで、大したダメージはなさそうだった。

その時、傍らから轟音が響き渡る。

「……む」

岩盤すらも割るメイベルの一撃を、しかし首の一つは慎重に避けていた。

勢いを殺さずに放たれた斬り上げからも、さらに上へ逃れる。流れるように投剣が閃くも、眼球を狙ったその一閃は硬い鱗で受けられた。

ヒュドラの青緑色の瞳が、小さな人間を不快そうに見下ろす。

一方で戦斧を構えるメイベルも、いらだたしげに呟く。

「……めんどう。モンスターのくせに」

その右方でも、硬質な音が響き渡っていた。

「っ、なんなのよこいつっ！」

首の一つが、アミュをしつこく狙っている。

噛みつき攻撃をなんとか弾き返してはいるものの、相手にはひるむ気配もなく、アミュは防戦一方だ。

「いい加減に……っ！」

赤い口腔へ向けて、アミュが火炎弾《ファイアボール》を放つ。

突然の炎に驚いたように首が引っ込むも、それだけだった。

軽く頭を振ったヒュドラは、まるで反撃されたことが不満であるかのように、その青緑色の目で少女剣士を睨む。

「……勘弁してよね」

引きつった顔で呟くアミュから、一旦目を離す。

今一番危ういのは、イーファのところだ。

「っ……！」

風の槍と炎の帯をくぐって、首の一つがイーファに襲いかかった。

危機を前に、少女の表情が強ばる。

だがその時、頭の横から力の流れが籠もった矢が飛来し、鱗の間に突き立った。瞬く間に水属性魔法の氷が生み出され、頭を覆っていく。

しかし――――ヒュドラは意に介すこともなかった。

氷をバキバキと砕きながら、少女に向け強引に大顎を開く。

そこへ横から飛び込んできたルルムが、イーファの体を抱えるように転がった。

獲物を捕らえ損ねたヒュドラは、勢い余ってその先にあった樹を三本ほどへし折り、そこで止まる。

もしも矢による氷で動きが鈍っていなかったら、間に合っていなかったかもしれない。

イーファを立ち上がらせながら、ルルムは張り詰めた声で言う。

「気をつけてっ、あれは中位魔法程度では止まらないわ」

「は、はい……」

ぼくはほっと息を吐き、向けかけていた呪《まじな》いを解いた。

一応致命傷くらいならなんとかなるものの、ひどい怪我人が出ることは避けたい。

一方で、後方からヒュドラを観察していたぼくは、なんとなくこのモンスターのことがわかってきた。

攻撃してくるのは頭ばかりで、太い脚や尾を振るってくる様子はない。

ヒュドラにとっては、複数ある頭よりも、そのバランスの悪い体を支える脚や尾の方がずっと大事なのだろう。

となると、とりあえず五つの頭にさえ気をつければよさそうだな。

ぼくは頭をひねる。

「うーん、子供向けのお伽噺だと、こういう敵は首を絡ませて倒すものだけど……」

「そんなの現実にあるわけないでしょっ！」

ぼくの呟きに、アミュが叫ぶ。

そりゃそうだ。そんな間抜けな生物がいるわけがない。

五つの頭は擬態ではなく、すべてに意思があるように見える。しかしかと言って、胴体がそれそれに引っ張られるような様子はない。

それは、おそらく……高く持ち上げた首でぼくらを睥睨《へいげい》する、中央の頭が全体を統制しているからなのだろう。

と――――その時。

四つの首が、一斉に引いた。

同時に、中央の頭が顎を開き、力の流れが渦巻き始める。

ルルムが叫んだ。

「息吹《ブレス》が来るわっ！」

直後――――中央の頭が、薄青い気体を吐き出した。

毒息吹《ブレス》の温い風は、山の地表を勢いよく撫でていく。

それを浴びた途端……生臭いような臭気と共に、目と喉に鋭い痛みが生まれた。

「ごほっ、ごほっ！」

「め、目が……」

「な、なによこれっ」

全員が咳き込み、目をこする。

よくよく周辺を見れば……地表に茂る下草は全体がうっすらと白みを帯びて、息吹《ブレス》の直下にあった枯れ枝にはなんと火が着いているようだった。

これは……予想以上だ。

毒気の濃度がかなり濃い。これではいくら傷病《しょうびょう》を移せるとはいえ戦闘にならない。

ぼくも呟き込みながら、身代のヒトガタを確認し………愕然と目を見開いた。

「は……？　嘘だろ……？」

全員分のヒトガタが黒ずみ、すでに力を失って地に落ちていた。

これが意味するところは一つ――――ぼくを含めた全員が、一度死んだのだ。先の息吹《ブレス》で。

ぼくは青くなる。

ま、まずい……。

念のため、予備の予備の予備の予備まで作っておいたからまだ三、四回は死ねるものの、こんな調子で戦い続けたらいずれ尽きる。もう手を出さないとか言っていられる状況じゃない。

中央の頭は、ぼくらが一向に死なないためか、不思議そうな顔をしていた。

業を煮やしたように、再び大口が開き、力の流れが渦巻き始める。

そして毒気の息吹《ブレス》が放たれる前に……ぼくは上空に飛ばしたヒトガタから術を解放した。

《水《すい》の相――――瀑布《ばくふ》の術》

上向きに放たれた大量の水が、反転し雨となって地表に降り注ぐ。

ヒュドラは、うろたえたように息吹《ブレス》を中断し、空を見上げた。

毒気は雨に弱い。

下向きの気流ができるうえに、種類によっては水に溶けて流れてしまう。

火山の毒気ほど溶けやすくはないものの、このヒュドラの息吹《ブレス》もある程度はその傾向があるはずだ。

突然の天気雨に驚くパーティーメンバーへ向け、ぼくは叫ぶ。

「これで息吹《ブレス》は封じた！　今が攻め時だ！」

口にした直後、思った。これでは言葉が足りない。

息吹《ブレス》なしでも押されていたのだ、戦い方を変えなくては。

ぼくは少し考えた後、皆へ呼びかける。

「一人で挑むな！　数では有利なんだ、周りと協力しろ！」

仲間たちが、すかさず声で応えた。

一方で、ヒュドラは明らかに気勢が削がれているようだった。

雨という不利な天候の中、戦うことに迷いが生まれたのだろう。

しかし……五つもの頭を抱える鈍重な体では、ここから退くのも難しい。

意を決したように、首の一つがノズロへと襲いかかる。

その大顎を、神魔の武闘家は再び全身で受け止めた。

ここまでは先ほどと同じ。

だが、そこからの展開が違った。

「凍《ひ》え凍《い》て凍《し》み割れるは青っ！　凛烈《りんれつ》たる氷湖《ひょうこ》の精よ、沈黙し凝結しその怒り神鎚《しんつい》と為せ！

――――氷河衝墜《グレイシアフォール》！」

それは、ほとんど初めて聞く、アミュの呪文詠唱だった。

次の瞬間――――極太の氷柱が生み出され、ノズロが抑え込んでいたヒュドラの首へと突き立つ。

口から大量の血を吐き、その頭は白目を剥いて動かなくなった。

血と雨に濡れたノズロが、驚いたように呟く。

「……上位魔法か」

「そうよっ。呪文詠唱とか、魔法剣士らしくないことしちゃったわねっ！」

アミュが、もう一つの首の攻撃をさばきながら答える。

アミュは普段、中位や下位の魔法ばかりを無詠唱で使う。以前訊いたところ、魔法剣士とはそういうものなのだと話していた。

だが……決して、上位魔法を使えないわけではなかったのだ。

誰よりも才に恵まれた、勇者なのだから。

「――――なるほど」

ノズロが静かに呟く。

いったいどのようにしたのか。

神魔の武闘家は、その前触れすら見せることなく――――いつの間にか、アミュを狙うヒュドラの頭の上に立っていた。

「ならば、俺の奥の手も見せよう」

気づいたヒュドラが、頭を傾け、大きく振り払おうとした。

対してノズロが行ったのは……片手で厳めしい鱗の突起を掴み、もう一方の手で、ヒュドラの頭頂に軽く掌を添えただけ。

だが、それで終わりだった。

ヒュドラが振り払う間もなく――――大気を震わせるような打撃が、その頭頂に打ち込まれた。

次の瞬間、まるで糸が切れたかのように、ヒュドラの首がどう、と地に落ちる。

舌をだらりと垂らして動かない。

すでに絶命していた。

地面に飛び降りるノズロを見て、アミュが呆気にとられたように呟く。

「な……なに、今の。あんた今ぶん殴ったの……？」

「そんなところだ」

宋に伝わる武術の技に、浸透勁《しんとうけい》というものがある。

ほとんど触れるような距離から掌底で放つ、標的の内側へ深く衝撃を響かせる打撃だ。

達人ともなれば、鎧の上から敵の内臓を破壊することもできたそうだが……まさか同じものを、異世界で見られるとは思わなかった。

アミュとノズロの善戦に、ルルムが笑みを浮かべている。

「……そうね。何も、自分だけで戦う必要はないんだわ」

ルルムは矢をつがえると、自らに迫り来る首の一つへ弓を向ける。

そして、ふつ、とそれを放った。

鱗の間に矢が突き立つ。

それは一見、いかほどの痛痒《つうよう》も与えていないかのように見えた。

だが、間近に迫っていたヒュドラの頭は――牙を剥いたままで突如その動きを止めた。

よく見れば、突き立った矢からは細い影が伸び、ルルムの足元に繋がっている。

「こ、これ……強力だけど、自分も動けなくなるのよね……！」

ルルムは頬を引きつらせながら、それでも笑った。

「だから、あとは頼んだわ――メイベルさん」

「わかった」

ズパンッ、と。

まるで水袋を斬ったような音と共に、ヒュドラの首があっけなく落ちた。

硬い鱗も、強靱な筋肉も、存在しないかのような一撃。凄まじい重量となっていた戦斧の振り下ろしでなければ、為し得なかった光景だろう。

メイベルがどこか満足げに、戦斧を担ぎ直す。

「すっきりした」

その時。

めきめきという音を立てながら、別の首が一本の大樹を根こそぎ引き抜いていた。

牛十頭でも敵わないであろうその怪力にも驚くが……何より恐るべきは、ヒュドラがそれを、明確に武器として使おうとしているところだった。

接近戦は危険だと考えたのか。先にはメイベル相手に慎重な動きを見せていたその頭は――――唐突に長い首を鞭のようにしならせ、ルルムとメイベルに向け咥えた大樹を横薙ぎに振るった。

もしも当たっていたならば……二人とも無事では済まなかっただろう。

当たっていたならば。

「上位魔法なら……ちゃんと効くんだよね」

次の瞬間――――空から赤熱する巨大な石塊が降り、その頭を大樹ごと押し潰した。

それは土属性の上位魔法、隕塊衝墜《メテオフォール》に似ていた。

しかし精霊のもたらしたその魔法は、人のものとは似て異なる、まったくの別物だ。

イーファが胸をなで下ろす。

「よ、よかった。間に合って……」

隕石の熱で雨水が蒸気になっていく中、最後に残った中央の首は、明らかに焦っているようだった。

無理もない。息吹《ブレス》は封じられ、五つのうち四つの首が倒されてしまったのだ。

残りは、自分だけ。

「セイカくんっ、あと少しだよ！」

「最後に決めろ！」

イーファとノズロが叫ぶ。

ぼくはきょとんとして訊き返す。

「え、ぼくがやっていいのか？」

「当たり前でしょっ、こんな時に文句なんて言わないわよ！」

「セイカ、はやく」

アミュとメイベルも言う。

そして、ルルムも。

「あなたが終わらせて――セイカ！」

「……そこまで言われては仕方ないな」

ぼくはふっと笑い――《瀑布》を止めた。

雨が止む。

中央の頭がはっとしたように、ちらと空を見た。

同時に大口が開かれ、力の流れが渦巻き始める。

息吹《ブレス》さえ吐ければ、まだこの人間どもを倒せる――とでも思っているのだろう。

ぼくは口の端を吊り上げ、呟く。

「わざわざ結界ではなく、雨を降らせた甲斐があった」

術さえ止めれば――こうして、任意に息吹《ブレス》を吐かせることができる。

ヒュドラの口元から、薄青い風が生み出される。

同時に、奴の眼前に飛ばしていたヒトガタを起点にして、術を発動した。

《陽《よう》の相――――薄雷《はくらい》の術》

ヒトガタの周りに火花が散る。

それは本来、小規模な稲妻を発生させるだけの術だ。

だが次の瞬間――――ヒュドラの眼前で、大爆発が起こった。

爆風が地表を吹き荒れる。

間近でそれを受けた最後の頭は、顎と首の鱗の大部分を吹き飛ばされ、純白の体を血に染めていた。

唯一残った左目が……それでもしかし、ぼくを睨みつける。

思わず呟く。

「毒蛇らしく、しぶといな」

さっさと楽にしてやるか。

一枚のヒトガタが、鱗の剥がれた首に貼り付く。

そして、片手で印を組んだ。

《木《もく》の相――――罌粟湯《おうぞくとう》の術》

最後の頭が、大口を開けて間近に迫る。

決死の強襲は……しかし、突然ぼくを見失ったかのように逸れ、傍らの岩を粉砕して動きを止めた。

残った左目に、光はない。

すでに意識も失っていることだろう。

芥子《けし》に含まれる薬効成分は、過剰に摂取すると幻覚から昏睡の症状をたどり、最終的には死に至る。少量なら鎮痛剤として使えるが、このように毒にもなる代物だ。

やがて、ヒュドラの体から力の流れが消えていく。

純白の巨体は血と土に塗れ、もはや起き上がる気配はない。

それが長きにわたり冒険者を恐れさせた、白いヒュドラの最期だった。

ぼくは大きく息を吐く。

「はあ……なんとか無事に済んだな」

全員、ひどい怪我を負うこともなかった。まあ身代がなければ一度死んでいたけど。

皆ほっとしたような顔をするだけで、特段歓声なども上がらない。

亜竜はともかく、上位モンスターくらいならば何度も倒してきたのだ。今さらだろう。

だけど、雨でびしょ濡れになった仲間たちの間には、どこかやり遂げたような雰囲気があった。

「あれ、あんたそれ……」

その時、アミュがノズロを見て呟いた。

武闘家の太く、死人のように白い腕。そこに、幾何学的な黒の紋様がうっすらと浮かび上がっている。

「む……」

気づいたノズロは、自らの腕に視線を落とし、眉をひそめた。

「……雨で染料が流れた。それだけだ」

その声音には、わずかに気まずげな響きがあった。

ふと首を回してルルムを見やると、彼女も同様だった。落ちかけた染料の下から浮かぶ自身の紋様に目を向け、居心地の悪そうな顔をしている。

人間の前で、それはずっと隠してきたのだ。事情を知ったうえで、これまで同行してきたぼくたちに対してでさえ。

だから、気まずく思うのも無理はないかもしれない。

しかし、そんな反応をされるとこちらも困る。こんなことなら雨はやめておくべきだったか……と、考えていた時。

「ふーん」

アミュは特に気にした風もなく、ノズロの腕を見ながらそう呟いた。

「なんだか忘れかけてたけど、そういえばあんたたちって魔族だったわね。ねえ、それってやっぱり生まれつきなの？　人間が体に彫り入れる紋様じゃなく？」

「……そうだ。人間が体に彫り入れる紋様とは違い、身体と共に父母からもらい受けるものだ」

「ふーん、そうなのね」

それから、アミュはにっと笑って言う。

「じゃあ、よかったわね。かっこいいのもらえて」

聞いたノズロは、一瞬呆けたように口を開けていたが……やがてふいと顔を逸らし、ぼそりと

呟いた。

「……それほどでもない」

「ノ、ノズロ、あなたねぇ……」

一連の流れを見ていたルルムが、呆れたように言った。

「もう少し気の利いたこと言えないの？　せっかくアミュさんが誉めてくれたのに」

「……」

「まったく昔からそうなんだから……」

「あ、あのっ。ルルムさんのも、素敵ですね……！」

「彫り師が彫ったみたい」

「えっ？　そ、そうかしら。ありがとう……」

興味深げにまじまじと見つめてくるイーファとメイベルに、ルルムがややたじろぎながら答える。

いつの間にか、雰囲気は和やかに弛緩していた。

「やれやれ……この者らは気楽なものでございますねぇ。セイカさまの気も知らないで……」

ユキが耳元で囁いてくる。

「ユキははらはらいたしました……何事もなかったからよかったものを」

「そうだな……予想よりも手強かった。特にあの息吹《ブレス》が」

まさか、あれほど早く効くものだとは……。

身代があっという間にダメになったことにも焦ったが、眼球や気道の粘膜に触れた時の刺激も想像以上で、とても戦いどころではなくなってしまった。

火桶《ひおけ》や火山の毒気ならこうはならないんだが……まあこういうのは、実際に自分で喰らってみないとわからない。存在を知っていたからと言って安易に考えるものではなかったな。

「まあと言ってもお前は、なんともなかっただろうけど……」

「む！　なんともなくなどありませんよっ。あの蒜《にんにく》のような臭気は、ユキも堪《こた》えました……」

ユキはいかにも大変だったかのように話すが、あの息吹《ブレス》が嫌なにおい程度で済むのなら楽なものだ。

妖《あやかし》に効くのは、人々に広く知られた毒だけだから。

「しかし異臭で死にかけるとは、人の体とはなんとも脆弱なものでございますねぇ」

「別に臭くて死ぬわけじゃないけどな……。仕方ないさ」

人は弱い。

この程度の化生を倒すのにも、命を賭けて戦わなければならない。

彼らほどの実力があっても、なお……。

「セイカ～」

唐突にアミュが声をかけてきたので、ぼくはどきりとして振り返る。

「な、なんだ？　アミュ」

「一応訊いておきたいんだけど……あの最後のやつ、なんだったわけ？」

「最後？」

「あんた、ヒュドラの息吹《ブレス》を爆発させてなかった？　全然煙たくないし、火薬とかじゃなかったのよね？」

続けてルルムも言う。

「あなたは不思議な魔法をたくさん使うけれど……ヒュドラの息吹《ブレス》を爆発させるなんて、そんなこともできたの？」

「あー、いや、そうじゃなくて……」

ぼくは説明する。

「あのヒュドラの息吹《ブレス》が、元々そういう毒気なんだよ」

うっすらと青く、浴びた物の色を抜き、燃え上がらせる、妙なにおいのする毒気。そんなものは一つしか思い当たらない。

雷臭気《オゾン》だ。

稲妻によって生まれるこの気体は、強い毒性と共にいくつかの奇妙な性質を持つ。物の色を抜き、触れた物を燃え上がらせ……そして、強い刺激によって爆発する。

かなり濃度が高くなければ反応すらしないものの、人を即死させるくらいだからいけるだろうと踏んだら予想通りだった。

なかなかおもしろい現象を見られた。やっぱり適当な術で安易にぶっ飛ばさなくてよかったな。

アミュが若干興味を示したように言う。

「ふうん。じゃあ、普通のヒュドラ相手だとできないのね……」

「いや、できる。実は火山の毒気にも似たような性質があるんだ。濃度にもよるけど」

「そうなのっ？　じゃあまた今度、ヒュドラが出るダンジョンに行ってみましょ。あたしもやってみるわ！」

「危ないからやめろ。定石通り、雨か霧の日に不意打ちした方が絶対にいい。火山の毒気はかなり水に溶けやすいから……」

ぼくの話を、アミュは不満そうに聞いている。

その様子を眺めていたルルムが、呆れたように言う。

「あなたは……よくそんなことばかり知っているわね」

「そんなことばかりって言うな。たまたま前に書物で読んだことがあっただけだよ」

「どうせまた博物学の本でしょ？　あんたも物好きよね」

「いいだろ別に」

「……ふふ」

その時、ルルムが小さく笑った。

「やっぱり……あなたは、メローザたちの子ではないのでしょうね」

黙って目を向けると、ルルムはどこか諦めたような笑みで言う。

「そういうところはとても、人間らしく見えるわ」

罌粟湯の術

モルヒネを生成する術。ケシが作るアルカロイドの一種で、鎮痛作用がある一方、多量に摂取するとせん妄、意識混濁、昏睡状態を経て早ければ数分で死に至る。実際に発見されたのは近世だが、作中世界では八世紀にアラビアの薬草医が分離していた。

其の三　chapter III

あれから依頼を貼り出していたギルドにヒュドラ討伐の報告をしたぼくたちは、すぐにケルッへの帰路につく……ことはできなかった。

達成報酬が高額だったために、ギルドがその場で金を用意することができなかったからだ。

とにかく時間がなかったぼくたちは、半ば脅すように急かしたところ、なんとか翌々日には金貨の詰まった袋を受け取ることができた。

その足で馬車を手配し、その日のうちに冥鉱山脈麓《ふもと》の街を発ったというわけだ。

「ふぅ……もうすぐね。でもまだ気は抜けないわ」

手綱を握ったまま御者台から振り返ると、アミュが張り詰めた表情をしていた。

「いい、あんたたち。その金は、なにがあっても守るわよ」

アミュの言葉に、イーファとメイベルが力強くうなずく。

「も、もちろんだよアミュちゃん！」

「まかせて」

二人は一緒に、金貨の詰まった大袋を我が子のようにひしと抱える。

この三人は、報酬を受け取った時からずっとこんな感じだった。どうやら見たこともないほどの大金を受け取って、気がおかしくなってしまったらしい。

三人の様子を、ルルムが微妙な表情で見つめている。

「そ、そうまでされると、受け取りにくいわね……」

「大丈夫……かなしいけど」

「こ、この子たちが誰かの役に立ってくれるのなら、ぐすっ、わたしもうれしいです」

「冒険者に別れは付きものなのよ……」

「……」

ルルムがだんだん病気の人間を見るような顔になっていくのを見て、ぼくは小さく吹き出し、顔を前に戻す。

視界にはすでに、西日に照らされたケルツの城壁が映っていた。

ここまで来れば、もう野盗の心配もない。

エルマンに約束させた取り置きの期日は今日。ギリギリではあったが、なんとか間に合いそうだった。

「うまく事が済みそうでようございましたね、セイカさま」

髪から少しだけ顔を出し、ユキが言う。

「この者らに物の怪を狩らせ、一月のうちに一生食うに困らぬほどの大金を稼ぐなど、さすがに無茶ではないかとユキは思っていたのですが……見事、成し遂げられましたね。さすがセイカさまです！」

弾んだ調子で言うユキに、ぼくは平然と答える。

「いや、成し遂げてないぞ」

「え？」

「奴隷の代金には全然足りていないということだ」

「な……なにが？」

「だから、金が」

「……ええーっ⁉」

　思わず大声を出してしまったユキが、慌てて声を抑える。

「ど、どどどういうことでございますか⁉　あの八岐大蛇《やまたのおろち》のような物の怪を倒せば、奴卑の代価に届くとあの者たちと話していたはずでは……」

「ああ、あれか」

　ぼくは軽く笑って言う。

「皆には最初から嘘をついていたからな。エルマンから示された額の、二割ほどの額を伝えた」

「え、ええ？　なぜにそのようなことを……」

「お前の言う通り、一生食うに困らないほどの大金を一月で稼ぐなんて無理だ。本当のことを言えば、きっとあの二人は強硬手段に出ただろう。それを防いで、なんとか穏便に買い戻させるためだよ」

「で、ですが」

　ユキは混乱したように言う。

「額が足りなければ、そもそも買い戻せないではないですか！　これからどうされるおつもりで？」

「足りない分は、ぼくがこっそり出すよ」

「そんな大金…………あ」

ユキは気づいたようだった。

ぼくは微笑と共に言う。

「そう、フィオナからもらった手形があるだろ」

あれを使えば、おそらく十分足りるだろう。

ぼくは続ける。

「使いどころとしてはいいところだ。額も、自分では簡単に用意できず、かと言って高すぎもしないくらいだからちょうどいい」

「なるほど、と思いましたが……うらむ、なんだかユキには、あれを使ってしまうのが惜しく思えます……」

「そんなことを言っていると、結局使うことのないまま一生を終えることになるぞ」

「例によって、経験談でございますか？」

「ああ」

前世の屋敷には、貴重な呪物や宝物が手つかずのまたくさん仕舞ってあった。

ぼくが死んで、あれらもすっかり焼失してしまったことだろう。

ユキが言う。

「思ったのですが……あの手形を使えば、もしや全額でもまかなえたのでは？　わざわざ物の怪を倒して回った意味は、なんだったのでございましょう……」

「全額を出してやるほどの義理はないさ。あまり貸しばかり作るのもよくない。それに……いいじゃないか」

ぼくは、そう言って荷台を振り返る。

さっきまでお喋りしていた元気はどこへやら。荷台に座るパーティーメンバーたちは、ルルムとノズロも含め、皆うとうとと船を漕いでいた。

きっと、疲れが出たのだろう。

ぼくは軽く笑い、ユキへと言った。

「なかなか楽しめたんだから」

◆　◆　◆

城門をくぐると、すっかり日没間近だった。

もう少しすると、商館も閉まり始める頃合いだ。

慣れない街中で少し緊張しつつ、ぼくはなるべく急いで馬車を走らせる。一日くらい過ぎても問題ないだろうが、できるだけ今日のうちに話を通しておきたい。

「ねえ。仲間を買い戻したら、その後はどうするつもりなの？」

揺れる馬車の中で、アミュがルルムへと訊ねる。

「一度、私たちの里へ帰るつもりよ」

ルルムが微笑を作って答える。

「さすがに、十五人も連れて旅はできないからね。もうずっと帰ってなかったから……ちょうどいいかもしれないわ」

「そう。じゃあ……ここでお別れなのね」

アミュが、寂しそうな声で言った。

ルルムが仕方なさそうに笑う。

「ええ。でも、それが普通なのよ。私たちは元々……種族からして違うのだから」

「……」

「冒険者には、別れが付きものなのでしょう?」

「う、うん……」

アミュは、明らかに涙声になっていた。

釣られたように、イーファとメイベルも鼻をすすり出す。

「……出立までには、いくらか時間がかかる」

おもむろに、ノズロが口を開いた。

「同胞の中には、飢えや傷を癒やさなければならない者もいるだろう。すぐに故郷へ発てるわけではない……その間ならば、またダンジョンへ赴くのもいい」

「……！」

「ノズロ……」

神魔の武闘家は、ぶっきらぼうに続ける。

「故郷へ帰るのなら、もしもの備えとして持ってきた金品を、いくらか貨幣に換えることもできる。しばしの間、滞在する程度には十分な額になるはずだ。そのくらいなら……してもいい」

「ふふ、そうね」

ルルムが微笑む。

「お別れの時まで……もう少し、このパーティーで冒険を続けましょうか」

「じゃ、じゃあ……」

アミュが、目元をごしごしとこする。

「約束、だからね。そ、それと……あたしたちのこと、忘れないで。ぼ、冒険者って、そういうものだから……」

「ええ、わかったわ」

ルルムはしばらくアミュの手を握っていたが……それからしばらくすると、ぼくの座る御者台の隣へとやってきた。

ぼくが無言で目を向けると、ぽつりと言う。

「素直でいい子たちね。あなたがかわいがるのもわかるわ」

「別に、かわいがっているつもりはない。年もほぼ同じだしな」

「そういえば、そう言っていたわね。少し信じがたいけれど」

ルルムがくすくすと笑う。

ぼくは、ややためらいつつ訊ねる。

「……魔王捜しは、どうするつもりなんだ」

「続けるわ。一度故郷へ戻るというだけ」

ルルムは、穏やかな表情で言う。

「けど、さすがに少し疲れたから……短い間なら、休むのもいいかもしれないわね」

「……もしも、だが」

慎重に言葉を始めたぼくへ、ルルムが視線を向けてくる。

「諦めざるをえないような時が来たなら……何か、代わりの物事を見つけるといい。どうにもならないことも、世の中にはある」

海や砂漠を渡り、西洋で古代の叡智《えいち》を学んでも――――結局、妻を生き返らせることは叶わなかったように。

どんな存在にだって、どうにもならないことはある。

ルルムは真剣な表情で、ぼくの言葉を繰り返す。

「代わりの、物事……」

「なんでもいい。学問でも、芸術でも……弟子を育てる、とかでもな」

「…………あなたは、何を諦めたの？」

ぼくは、ケルツの街並みに目を向けたまま答える。

「ぼくはまだ、何も諦めてはいない」

今生では、まだ。

「……そう。一応、参考にさせてもらうわね」

ルルムは、どこかすっきりしたような表情をしていた。

いつか来るであろう旅の終わりを、彼女だって何度も考えたに違いない。

「ありがとう、セイカ」

「礼なら、別れ際にまとめて言ってくれ。ダンジョンで君らを助けるたびに言われていてはキリがないからな」

「あら。あなたも付き合ってくれるつもりだったの？　一級の認定票は、もう必要ないのだけれど」

「あの子らだけでダンジョンに向かわせるのは不安だ」

「やっぱりかわいがってるじゃない」

ルルムはくすくすと笑う。

◆　◆　◆

ケルツの商街区にたどり着いた時には、日が赤く染まり始めていた。

まだ開いているといいけど……。

見覚えのある看板が目に入った時、ルルムが前方を指さして言った。

「あれ、あそこにいる……みたいだけど……」

その言葉尻が、だんだん小さくなっていく。

エルマン・ネグ商会が掲げる看板の下に、確かに見知った人影があった。

顎髭を生やした痩身の男、代表のエルマン。

猫背の陰気な若者、副代表のネグ。

だが――――それだけではない。

似たような衣服に身を包み、武器を持ったこの街の衛兵も、十数人たむろしている。

馬車の速度を落として近づくと、気づいた衛兵がすぐにぼくらを取り囲むよう散開した。

嫌な予感がしつつも、ぼくは御者台から飛び降りる。

荷台からは、すでにノズロが姿を現し、鋭い視線を人間たちに向けていた。後ろからアミュたちが続き、最後にルルムが御者台の隣から降りる。

皆、一様に不安そうな顔をしていた。

ぼくは、一層うさんくさい笑みを浮かべているエルマンへ呼びかける。

「やあエルマン。二度目の来店で、ずいぶんと盛大な出迎えだな。ぼくはあまり、こういうのは好まないんだが」

「お待ちしておりました、セイカ殿」

エルマンが顎髭を撫でながら続ける。

「いやはや、ご無事で何より。ワタクシめもほっといたしました。約束もなしに訪れた薄汚い冒険者風情とはいえ、我が商会の大事なお客様でございます。もし何かあったらと……」

「見ての通り、何事もない。亜竜を屠《ほふ》る一級冒険者相手に、何を憂《うれ》うことがあるんだ？　エルマン。わかったなら、さっさと周りにいる盛り上げ役を全員帰らせろ」

「いやいや……まさか。そうはいきますまい」

もはや企みを隠そうともせず、エルマンは言う。

「本当に、ワタクシめは安心いたしました。皆様がギルドの依頼を次々に受け始めたと街の噂で聞いた時も、少々不安にはなりましたが……まあ少しだけ、少しだけお手持ちが足りなかったのだろうと、自分を納得させた次第でございます。しかし。しかしです。もう一つのお噂の方は……とてもそうはいきませんで」

「何……？」

「なんでも——魔族の間諜を連れているとか」

ルルムとノズロが、息をのむ気配がした。

エルマンは大仰な身振りと共に続ける。

「もしもそれが事実ならば……ああ、なんと恐ろしいことか！　これはケルツのみならず、帝国に暮らすすべての民を危険に晒す、人間社会への重大な背信行為です！　もはや事態は、一介の商人の手に負えるものではない……。そのようなお話を、少々の心付けと共に領主様へ懇切丁寧に説明し、こうして手勢を借り受けた次第でございます。さて、セイカ殿……まずはその危険な魔族二体の身柄を、こちらに渡していただけますかな？」

「────必要ない。自ら行こう」

そう声を発したのは、ノズロだった。

動きを妨げる外套を放る。その眼光は、鋭くエルマンへと向けられている。

「だがその後は、勝手にさせてもらう……兵はせめて、口封じしきれぬほどの数を連れてくるべきだった」

「ふむ……」

「恨むな」

ノズロが地を蹴った。

それは、なんらかの武技だったのだろう。三丈以上あったはずの距離が一足のうちに詰まり、商人が拳の間合いに入る。

神速の手刀が放たれる。

神魔の持つ膨大な魔力で強化された身体能力は、奴隷商の細首程度、一瞬で刎ねることすらも可能だ。

そのはずだった。

「っ……!?」

その手刀は、エルマンの首元で止まっていた。

地面から生えた鋭い影が、ノズロの腕を縫い止めていた。

すかさず蹴りへ移行するべく重心を移した右足を、影が貫く。さらに左腕に肩、そして胸と、ノズロの全身を黒い影の穂先が貫いていく。

「が……っ！」

神魔の武闘家が血を吐いた。

顎髭を撫でつつそれを心配そうに眺めていたエルマンが、隣へ呟く。

「ネグ。くれぐれも殺してはいけませんよ。この商品は高値がつくでしょうから」

「ヒ、ヒヒヒヒッ！　だ、大丈夫だよぉ、兄《あん》ちゃん！　魔族は丈夫だから！」

猫背の怨霊使い、ネグが陰気に笑いながら答える。

「ノズロっ！」

ルルムが悲鳴のような叫び声を上げ、背中の弓をとった。

魔道具の矢がつがえられる。

「待ってて、今っ……」

「ヒヒッ、ダメだよぉ」

その時――――ルルムの首元に、赤黒い荊《いばら》のような紋様が浮かび上がった。

途端、神魔の巫女が目を見開く。

「うぐ……ぐっ……」

その手から、弓矢が落ちた。

苦痛に耐えかねたように、ルルムが倒れ込む。両手で首元にかかる縄を外そうともがくも、そこには何もない。

赤黒い、荊の呪印があるだけだ。

「だ、大丈夫⁉」

駆け寄るアミュへと、ルルムが汗を滲ませながら薄目を開け、掠れた声で告げる。

「逃げ……こい、つ、は……」

言い終える前に、ルルムの影が大きく広がった。

それは瞬く間に、ぼくらの足元を侵食していく。

そして――――アミュ、イーファ、メイベルの首元にも、荊の呪印が浮かび上がった。

「……っ！」

「あう、ぐっ……」

「なん……なのよ、これっ……」

皆が倒れ込む。

影はそのままネグへと伸びていくと――――その背後で、襤褸を纏った漆黒の亡霊が湧出した。

「ォォォォォ――――――」

レイスロード。

強力な闇属性魔法を使う、アストラル系最上位クラスのモンスター。

味方の衛兵すら声なく立ち尽くす亡霊の王の傍らで、エルマンが高笑いを上げる。

「はっはっはっはっは！　はあ……懐かしいですねぇ、ネグ。昔はよくこうして、人を捕まえては売ったものでした」

エルマンの目が、ヤモリのように見開かれる。

「荷を奪おうとした野盗一味を捕らえ、全員を鉱山へ売った！　あくどい手を使ってきた同業者を始末し、妻子を売春宿へ売った！　言いがかりをつけ法外な税をふっかけてきた領主を脅し、大事な大事な領民を売らせた！」

それから傍らの怨霊使いへと、親しみの籠もった視線を向ける。

「────すべてはネグ、お前がいたからできたことです。あの暴力と商売の日々こそが、今の成功の礎《いしずえ》でした」

「ヒヒッ、あ、兄《あん》ちゃんがあいつらを金に換えてくれなきゃ、おれなんか道端で野垂れ死んでたよぉ。ヒヒヒヒッ、おれたちは二人で最強だぁ！」

ネグが上機嫌に笑う。

「で、でも兄《あん》ちゃん、やっぱり一番は……あれだったよねぇ！」

「ええ、その通りです────神魔の逃亡奴隷。危険ではありましたが、あれほど高値で売れた商品はありませんでした。このような商材を扱うことは、もう二度とないだろうと思ったほどです」

「あ、あの野郎、もしまた逃げ出したら、またすぐ見つけて痛めつけて、別の奴に売ろうと思ったのに……」

「死んでしまったのなら仕方ありません」

エルマンが惜しむように言う。

なるほど、とぼくは思った。

こいつが、ルルムとノズロという二人の神魔を相手取ることにためらいがなかったのは――かつて一度、ネグが神魔に勝っていたからなのだ。

おそらく、圧倒的なほどの力量差をもって。

「ですがネグ。我々はここまで来ました」

エルマンが満面の笑みと共に言う。

「かつて希《まれ》な幸運なしでは扱えなかった商材を、今や十五も仕入れることができるようになったのです。おっと……十七、ですな」

エルマンがつかつかと歩いていき、呪印で苦しむルルムの顎を掴んで持ち上げる。

「ふむ。女子供は足りていますが、なかなか気品のある商品です。体の模様次第では高値がつくでしょう。それにしてもネグ、よくわかったものです。この二人が魔族であると」

「だ、だから言っただろぉ、兄《あん》ちゃん。ヒヒッ、みんなそう言ってるって！」

「あ……あんた……っ！」

苦悶の表情を浮かべるアミュが、ふらつきながら立ち上がった。

首には呪印が浮かび上がったまま。相当な苦痛のはずだが――それでも、手は剣の柄にかかる。

「ルルムに……触るんじゃないわよッ‼」

杖剣を抜き放ち、奴隷商へ向け地を蹴る。

だが幾ばくかの歩みも進まないうちに――――その眼前に、炎の壁が立ち塞がった。

「っ……!?」

勇者の足が、後ずさって止まる。

やがて限界が来たかのように膝をつくと、首を押さえながら喘ぐ。

炎の周りを舞うように、仄赤い霊体が飛んでいた。

フレイムレイスだけではない。青白いフロストレイス。薄緑のウインドレイス。土気色のグラウンドレイス。黒い靄《もや》のようなヘルゴーストに、人魂《ひとだま》にも似たウィスプ。

多種多様なアストラル系モンスターが、ぼくらを取り巻くように地中から湧き上がる。

「あ、兄《あん》ちゃんに何しようとした！　こ、こ、殺してやるからなっ！」

目を剥く怨霊使いへと、エルマンは穏やかな口調で言う。

「まあまあよしなさい、ネグ。この娘も、さすがにこれ以上の抵抗はできないでしょう。レイスロードの呪《のろ》いに晒されながら、立ち上がれただけでも大したものです。それより気になるのが……」

エルマンの足が、倒れ込んで喘ぐイーファの方へと向いた。

その周囲には、血塗れで影に縫い止められているノズロや、同じく路上で苦しんでいるルルムと同じように、怨霊たちが舞っている。

奴隷商は、金髪の少女を品定めするように見下ろす。

「ふむ……これはなかなか。髪色がいまいちですが、いい値が付くでしょう。ネグ、この魔族は？」

「ダメだよぉ、兄《あん》ちゃん。そいつ森人《エルフ》だもん。しかも混じり物……」

「ならば仕方ありませんな。間諜と言い張るには無理がある。諦めましょう」

そう言うと、エルマンはあっさり踵を返した。

そして、一連の様子を黙って眺めていたぼくへと向き直る。

「さて。本題の前に、まずは一つ伺いたいのですが……セイカ殿。あなたは、なぜ平気なのですかな？」

余裕ある笑みを浮かべるエルマンだったが……その瞳には、わずかに畏怖《いふ》の色が見えた。

ぼくは、首に浮かぶ呪印を撫でながら答える。

「つまらない呪詛だ。対象に窒息に似た苦痛を与えるだけ。身体に影響がおよぶこともない。こんなものはただの幻術と大差ない」

「……理解していたところで、耐えられる苦痛ではないはずですが」

「ほう。まるで体感したかのような言い草だな」

「ええ……それは無論のこと」

「用心棒の力量を自らの体で確かめるとは、気合いの入った商人だ。だが……虚仮威《こけおど》しの呪《のろ》いで、このぼくをどうにかできると思うな」

「なるほど。いやはや……一級の冒険者とは化け物ですな。恐れ入りました」

話すエルマンは、それでも余裕の態度を崩さない。

「ですが……余計な真似はしない方が賢明ですな」

「……」

「さて、話を本題に戻しましょう」

エルマンは大仰な身振りと共に言う。

「魔族、それも神魔の間諜を連れていたとあっては……いくら偉大な功績を持つ一級冒険者と言えど、帝国法に基づき罪に問われることは避けられないでしょう。ともすれば極刑もありうる。無論、あなたのパーティーメンバーもです」

「……」

「あなたと言えど、この人数を一度に始末することはできますまい。衛兵の一人でも逃げ延びれば、あなた方は窮地に陥る。無論ここにいる兵がすべてではなく、彼方から遠眼鏡で見張らせている者もおります。仮に全員の口を封じることができたとしても、事態を察した領主があなたを告発するでしょう。すでにこの状況は詰みなのです」

「……」

「フ！　ですがご心配なく、セイカ殿。ワタクシ……確信いたしました」

まるで救いの手を差し伸べるかのように、エルマンは言う。

「あなた方は、騙されていたのでしょう？　この二体の魔族に」

「……」

「セイカ殿のパーティーは、元々四人であったと聞きおよんでいます。旅の途中に出会った魔族の間諜に騙され、同胞を助け出す手伝いをさせられていた。つまり被害者だったのだ、と……領主様へ、そのように報告してもかまいません」

「回りくどいな。はっきり言え」

「この商品どもの身柄を大人しく渡し、さっさと街を去ることです」

エルマンが鰐《ワニ》のような笑みを浮かべる。

「たまたま行き会った流れの魔族に、同情でもなさいましたか？　こやつら神魔は、人間と姿形がよく似ていますからなぁ。しかし……くだらない情は身を滅ぼします。高潔な貴族の心など、早く捨てた方がよいと忠告しますよ」

「……」

「ワタクシめは、ワタクシめの商品を狙う輩《やから》を許しません。あの場で真っ当な見積もりを出しては、こやつらに倉庫を襲撃されかねなかったため格安の価格を提示しましたが……全員を買うなどと、本来ならば一笑に付していたところです。冒険者風情がおこがましい」

「……」

「この始末は、身の程知らずへの罰とでもお考えください。さてセイカ殿、どう……」

「何やら気持ちよく喋っているところ悪いが、エルマン。ぼくには、何が何やらさっぱりだ」

「はい……？」

訝しげな表情をするエルマンに、ぼくは倒れ込んだルルムに目を向けながら告げる。

「こいつらが魔族だって？　それは驚きだ。そんなこと――――ぼくは想像すらもしていなかった」

「……!?」

一瞬呆けたような顔をしたエルマンだったが、それからすぐに大口を開けて笑い始めた。

「はっはっはっはっは！　これはこれは！」

高笑いを上げるエルマンを前に、ぼくは続ける。

「お前の言う通りたまたま行き合い、実力があったから仲間に加えただけだが……まんまと騙されていたわけか。教えてくれて助かったよ、エルマン。礼と言ってはなんだが――――こいつらのことは、好きにしてくれていい」

「セ、セイカ……!?」

アミュが顔をわずかに上げ、愕然としたようにぼくを見つめる。

「なに……言ってんのよ、あんた……？」

「はっはっはっは、これはいい！　セイカ殿、あなたはやはり、ワタクシめと近しい存在だったようでございますなぁ！　出奔した貴族の生き様とはこうでなくては！」

アミュはとりあえず無視し、愉快そうなエルマンへと言う。

「疑いは晴れたようだな。ならば、この子らにかかっている呪《のろ》いを解いてやってくれ」

「はっは……ふむ。しかしながら、こちらとしてはもうしばし用心しておきたいところでございますな」

「それは道理に合わないな。ならばぼくが解こう」

言うと同時に、アミュにイーファ、メイベルの首元から呪印が消える。三人が一斉に、荒い息と共に空気をむさぼる。

「こ、このっ……！」

アミュがすぐさま立ち上がり、剣を手にエルマンへ襲いかかろうとした。

ぼくは声に呪力を乗せ、告げる。

「アミュ。止まれ」

「っ⁉」

ただそれだけで、アミュが動きを止めた。

信じがたいかのように見開かれた瞳が、ぼくを見る。

「セイ、カ……どう、して……」

「君はあの女と仲がよかったからな。気持ちはわかる。だが、いい加減に理解しろ。ぼくらは騙されていたんだ」

「ふ、ふざけ……っ！」

「すばらしい。あなたは賢明な人間だったようですな、セイカ殿」

エルマンが笑みを深める。

「この者らは今後、簡易の裁判により罪が決することとなるでしょう。罪状は知りませんが、刑はすでに決まっております。そう、奴隷落ちですな。一般に罪人の奴隷は入札が行われますが、懇意にしている領主様のご厚意により、すでにワタクシめが買い入れることが決まっておりまして。この者らはこの後、そのままワタクシめの奴隷倉庫行きとなっております」

「ぼくには関係ないことだ。わざわざ自慢げに報告などせず、好きにしたらいい」

「おっと失礼。そうでございましたな」

上機嫌なエルマンが、おどけたように言って……肩から提げていた革袋から、二つの首輪を取り出した。

黒い金属の表面には複雑な模様が彫られ、力の流れを感じる。

「実はあれから、隷属の首輪が十分量手に入りましてな。いやはや、この日に間に合ってよかった」

隷属の首輪が衛兵に手渡され、ノズロとルルムの首にそれぞれあてがわれる。

血塗れで動けないノズロは大人しく受け入れていたが、ぐったりするルルムは少しだけ抵抗の気配を見せた。

しかし衛兵に腕をひねり上げられ、乱暴に髪を掴まれて、無理矢理に首輪を嵌められる。

「ぐ……くぅ……！」

名で縛っていたはずのアミュが、一歩足を踏み出した。

やはり勇者とは大したものだ。この世界の生まれで、わずかにもぼくの呪詛に抵抗するとは。

念のために再び告げる。

「アミュ。剣を手放せ」

「い……いや、よ……っ‼」

取り落としそうになる剣を、アミュは歯を食いしばって握り直す。

しかし二つの命令に抵抗するのはやっぱり無理なようで、もう一歩も動けなくなってしまった。

エルマンが満足げに言う。

「ふむ、これで一安心ですな。ネグ、もう呪《のろ》いと魔法はいいでしょう」

影を抜かれ地面に倒れ込むノズロと、むさぼるように呼吸するルルムを、衛兵が手荒に立ち上がらせる。

ぼくはエルマンへと言う。

「連れて行く準備ができたのなら、さっさと道を空けろ。こっちは馬車を返しに行く必要があるんだ」

「ええ、そうさせてもらいましょうとも。ところでセイカ殿……奴隷の購入は、取りやめということでいいですかな？」

「そうだな。もう必要ない」

「では――――キャンセル料をいただきましょうか。なに、気持ち程度で結構ですとも。我々があなたを告発しないと確信できるほどの、ほんの気持ち程度でね」

「……がめつい奴だ」

ぼくは溜息をつくと、後ろを振り返る。

そしてイーファとメイベルの方へと歩いていき、その傍らに落ちていた金貨の大袋を持ち上げる。

「セ、セイカくん、それはっ……」

イーファの縋るような声を無視し、ぼくは大袋を奴隷商へと放った。

エルマンの足元に落ちた大袋の口から、数枚の金貨がこぼれ出る。

「ほう。これはこれは……」

かなりの重さがあるはずだが、エルマンはそれを自分で持ち上げた。

「なかなか稼がれたようですな。冒険者も馬鹿にはできない。これならば、どちらか一方の神魔を売って差し上げてもかまいませんが」

「ぼくにはもう関係ないことだと言ったはずだ」

「フ！　それがよろしい。あなたは長生きしますよ、セイカ殿」

大袋をネグへ手渡し、エルマンは鼻で笑ってぼくらへ告げる。

「良い取引でした。それでは」

踵《きびす》を返し、エルマンが去って行く。

その後ろを、金貨の大袋を両手で抱えるネグと、二人の神魔を連行する衛兵たちが続く。

その時、ルルムが微かに、こちらを見た。

「……っ」

だが、悲しそうな横顔と共に、それはすぐに逸らされる。

「……」

ぼくはその様子を、ただじっと眺めていた。

◆　◆　◆

二つの丸い月が昇りきった、真夜中の時分。

奴隷倉庫の檻に入れられ、隷属の首輪と手枷を嵌められたルルムが、向かいの檻に呼びかける。

「ノズロっ、ノズロっ」

神魔の武闘家は、檻の中で横たわったまま返事もない。

荒い呼吸をしていることから死んではいないが、ひどい怪我のためか起き上がることもできないようだった。

ルルムは、袖に隠している魔道具に視線を向ける。

使う機会は限られるだろう。

その時、重い音と共に倉庫の扉が開いた。巨漢の持つ灯りが、檻の群れを照らす。

「旦那、こんな時間になんですかい」

「いえ、あの神魔の男の容態が気になったもので。死なれては困りますからねぇ」

「兄《あん》ちゃん、平気だって言ってるのにぃ……。あれくらいじゃ死なないよぉ」

見張りの巨漢を先頭に、エルマンとネグが倉庫に足を踏み入れる。

「万一ということもある。ネグ、もしもの時はお前が治しなさい」

「わかってるよぉ、兄《あん》ちゃん」

「ふわぁ……そんなら、もっと早く来てくだせぇ」

「領主との会合が長引いたのです。それに、この時間なら居眠りしている見張りを起こすこともできる」

「勘弁してくだせぇ……」

言葉を交わしながらルルムたちの方へ近づいてきた三人は、彼女には目もくれず、ノズロの檻へと灯りをかざし、覗き込む。

「ふむ……この分ならば、おそらく問題ないでしょう」

「だから言っただろぉ、兄《あん》ちゃん」

「そりゃあよかった。ついでだ、他のも見ていくかい、旦那。寝てるとは思いやすが……」

巨漢の見張りが振り返り、ルルムの檻に灯りを向ける。

その時――ルルムは袖から取り出した、薄い石ナイフを三人の人間へと向けた。

魔石から削り出したとおぼしきそのナイフは、手のひらに収まるほど小ぶりで、とても武器に使えそうには見えない。檻越しにならば、なおさら。

しかし次の瞬間、猛烈な力の流れが湧き上がり、上位魔法に相当する水の刃が生み出された。

凄まじい勢いで放たれる水は、檻の鉄格子を易々と切断。そのまま三人の命をも瞬時に奪う
――はずだった。

「っ⁉　そんなっ……⁉」

ルルムが驚愕の表情を浮かべる。

鉄格子を切断した水の刃は、エルマンらに届くことなく……光のヴェールに阻《はば》まれて消失していた。

「ま、まさか、結界だなんて……っ!?　うぐっ……かは……!」

隷属の首輪が効果を現し、ルルムが首を押さえて苦しみ始める。

その様子を、エルマンがわずかに目を瞠《みは》って見下ろす。

「これは驚きました」

顎髭を撫でながら平然と呟く。

その視線は、次いで檻の中に転がった石ナイフへと向けられた。

「魔道具ですか。なるほど……隷属の首輪の効果が現れるまでには、少々の時間がかかる。普通の剣や魔法ならともかく、魔道具の武器を用いられれば、そのわずかな時間で主人を殺傷せしめる……。ふむ、迂闊《うかつ》でした。以後は注意しなければ」

「び、び、びっくりしたぁ……」

ほぼ表情を変えないエルマンとは対照的に、ネグは気が抜けたように胸をなで下ろしている。

その頭上には、神々《こうごう》しく光る布きれのような霊体が舞っていた。

ルルムが呻く。

「ホーリースピリット……!　そ、そんなモンスターまで……」

光属性を持つ、アストラル系モンスターの上位種。

それも、滅多に遭遇することのないレアモンスターだ。

モンスターの群れの中にまれに現れ、魔法を防ぐ結界を張ったり、治癒魔法を使って敵を回復してくる性質を持つという。

「お、おお……？　何が起こった？　おれには何が何やら……」

「気にしないでよろしい。それより、この商品を檻から出しなさい」

言われた通りに、巨漢が鍵を開け、ルルムを檻から引っ張り出す。

「ぐっ……」

「なかなか面白い真似をしてくれる商品だ」

憔悴《しょうすい》するルルムを、エルマンは家畜を見るような目で見つめる。

「昔ならば鞭をくれてやったところですが、あいにくあれも処分してしまいましたからねぇ」

「兄《あん》ちゃん、こいつきっと付与術士《エンチャンター》だよぉ。他にも何か持ってるかも……」

「わかっています……おい、こいつは裸にしておけ。買い手がつくまでは衣服を与えるな」

「今ですかい？　へいへい……」

巨漢がナイフを取り出すと、掴まれたルルムが身をよじる。

「や、やめっ……」

「そうそう。模様も確かめておかなければ」

エルマンがルルムの顎を掴み、染料の下から微かに覗く黒い線を、品定めするように眺める。

「神魔は個体によって模様が異なる。おそらくこれによっても売値は変わるでしょうから、競売での見せ方も考えなければ……。フ！　ここは商人としてのセンスが問われるところ。腕が鳴ります」

「っ……」

　ルルムが表情を歪める。

「人間が、そんな理由で、私たちを……っ！」

「ふむ……どうやらまだ、この商品には尊厳が残っているように見えますなぁ」

　エルマンが亀裂のような笑みを浮かべ、ルルムを見据える。

　それは商品ではなく、人に向ける、悪意の籠もった笑みだった。

「自分の立場がまだわかっていないようだ。命令です。そんなものは早く捨てなさい。奴隷には過ぎた品だ」

　神魔の巫女が、奴隷商を睨み返す。

「……断るわ。自由は奪えても、あなたたちに種族の誇りまで奪うことはできない」

「ならば、好きにするといいでしょう。いずれそんな物は自ずと剥がれ落ちる。着衣を許されず、残飯のような飯をすすり、自らの汚物に塗れてなお誇りを持ち続けられる者などいない……。やれ」

　巨漢がナイフを手に、ルルムの衣服を裂き始める。

　ルルムは顔を背け、じっと恥辱に耐えているようだった。

　予定よりだいぶ早いが……まあいいか。

「――――以前にも言ったと思うが」

夜の奴隷倉庫に、ぼくの声が響き渡る。

四人が、一斉にこちらを見た。

「ぼくは、縁や義理のある相手はなるべく助けることにしているんだ」

倉庫に佇むぼくは、静かに続ける。

四人から見ると、ぼくがいきなり現れたように思えたことだろう。

実際、その通りだが。

「セ……セイカ？」

「……セイカ、殿……」

ルルムとエルマンの呟きと、ほぼ同時に。

鈍い重低音と共に、倉庫の梁《はり》が折れた。

斜めに落下した太い梁は、下にあった空の檻を数個粉砕し、轟音を轟かせる。

「うおおお⁉　なんだ⁉」

巨漢が驚いて声を上げる。

二本、三本、と、次々に梁が落ちる。さらには天井までもがバラバラと崩れ、そこから夜空が覗き始めた。

周囲の床や檻の上で、屋根に使われていたレンガが割れ砕け、破片が飛び散る。

「や、やべぇっ‼」

巨漢がルルムを放すと、両手を頭にかざしながら、一目散に出口へ向かって逃げ始めた。

エルマンが叫ぶ。

「お、おい、待て！」

「旦那も早く逃げろ！　この倉庫危ねぇぞ！」

どうやら、倉庫が勝手に崩れ始めたと思ったらしい。

無理もない。

投石機も弩砲も、杖も魔法陣すらも使わずに、これを成せる者がこの世界にどれほどいるだろう。

逃げろと言われたエルマンは、その場で立ち尽くしていた。

ぼくから目を離すことができない。

天井に大穴が開いた倉庫は、さらに壁までもが崩れ始める。

「天井はともかく、レンガの壁はさすがに重力だけで崩すのは難しい。だから、少し工夫することにしたんだ」

言うと同時に、真上の梁が折れた。

身構えるエルマンとネグの頭上で、落ちてきた梁や天井を扉のヒトガタで位相へ送りながら、ぼくは続ける。

「硫黄を焼いて出る毒気を水に溶かし、さらに触媒として鉄を反応させる。こうしてできるのが、緑礬油《りょくばんゆ》だ。硫黄の酸————硫酸とも呼ばれているな」

「な……何だ、何を言って……」

「土《ど》、火《か》、水《すい》、金《ごん》と四行も使ってずいぶんと手間だが、これを使えばレンガ壁の膠泥《モルタル》を溶かすことができる。灰を使う都合、あれは塩基《アルカリ》に寄るからな……。知らなかったか？　なら覚えておくといい。知識は意外なところで役立つものだ」

ぼくは奴隷商を見据える。

「しかし……エルマン。ぼくの用向きは、さすがに言わなくてもわかるだろうな」

声なく立ち尽くすエルマンへと続ける。

「あれだけ脅せば、さすがに手を出しては来ないだろう……そう、安易に考えたか？　エルマン。領主の手勢を帰すのは早すぎたな。お前も存外、甘い男だったようだ――――冒険者は、それほど行儀のいい存在じゃないぞ」

「あ…………兄《あん》ちゃんに手を出すなッ‼」

ネグが叫ぶと同時に、床や壁から無数のアストラル系モンスターが湧き出てくる。

ゴーストやスピリット、ウィスプにスペクター。

そして……、

「ォォォォォ――――――」

闇の中からにじみ出すように、レイスロードが姿を現した。

恐れからか、その周囲には同じレイス系モンスターですら近寄らない。

色とりどりの怨霊たちに取り巻かれながら、エルマンはぼくに向け口を開く。

「あ……甘い？　いえいえ、まさか。ワタクシめは商人。願望や当て推量を勘定に入れたりはしません」

　表情を引きつらせながら、それでもエルマンは笑っていた。

「ただの暴力勝負ならば、初めから兵など不要だったのです。あんな者ども、ネグの足手まといにしかならないのですから」

「ヒ、ヒヒヒッ‼」

　陰気な怨霊使いが、義兄に釣られたように笑う。

「お、お前も奴隷にしてやるぞ！　足を燃やして腕を凍らせて全身呪《のろ》い漬けにして、ぜ、全部きれいに治してやる！　そしたら兄《あん》ちゃんが高く売ってくれるんだ！」

「それはいい考えです、ネグ。元貴族の一級冒険者ともなれば、きっと高値がつくでしょう。あの見目のいい娘らごと犯罪者に仕立てて売りさばければ、ふむ……もっと大きな商館を借りることもできるでしょうな」

　ぼくは嘆息して言う。

「ぼくの故郷には、捕らぬ狸の皮算用ということわざがあった。こちらに似た言葉はないのか？」

「ありますとも。しかし……今は使い時ではありませんな」

　エルマンが笑みを深める。

　ネグの怨霊どもが、一斉にぼくを向いた。

「あなたはもはや、毛皮同然でございますからなぁッ！」

火炎や風、呪《のろ》いに阻害魔法《デバフ》がまとめて放たれる。

それらは、ぼくを囲む結界を前にすべて消失した。

だが、怨霊使いには動揺もない。

「ヒヒッ、結界だ！　いつまでもつかなぁ？」

無数の怨霊たちは、攻撃の手を緩める気配がなかった。結界にもかまわず魔法を放ち続ける。

なるほど、大した火力だ。

レイスロードが空中を滑るように飛び、結界の周囲を浮遊し始める。

その動きは、小屋の鶏を狙う狐にも似ていた。

だが……身の程知らずも甚《はなは》だしい。

「欲に目がくらんだな、エルマン。初めて会った時の、慎重だったお前はどこへ行った」

ぼくは呆れ混じりに呟いて、一枚のヒトガタを背後に高く浮かべる。

「長く商いを続けていたならば、お前も当然に知っているはずだ」

そして、小さく印を組んだ。

「商人が破滅するのは、いつだって欲に目がくらんだ時だと」

《召命《しょうめい》――――空亡《そらなき》》

空間の歪みから姿を現したのは――――闇をまとった、巨大な太陽だった。

「な……ッ⁉」

そのあまりに異様な姿に、エルマンが目を瞠る。

一瞬の停滞の後、ネグの怨霊たちが、今度は空亡《そらなき》へと攻撃を向け始めた。

だが、魔法は表面の炎に飲み込まれるばかりで、呪《のろ》いもまったく効果を現していない。

「な、なんだこいつッ⁉」

ネグが動揺の声を上げる。

その時――――偽太陽が脈動した。

ぼくは呟く。

「今宵の夜行は終わりだ」

偽太陽へと、怨霊たちが吸い寄せられ始めた。

動きの鈍いウィスプやスピリットが、空亡《そらなき》の炎に飲み込まれて消える。ゴーストやレイスが抵抗しようと滅茶苦茶に暴れ回るも、偽太陽の引力には勝てず、為す術なく次々に吸収されていく。

「お……おれのッ、おれのアストラルたちが――――ッ⁉」

まるで自分自身が飲み込まれているかのように、ネグが絶叫した。

「ぜ、ぜったいに殺す！　殺してやるッ！　こんな……ッ」

レイスロードが、引き寄せられながらも凄まじい量の呪《のろ》いと闇属性魔法を放ち出す。

膨れ上がった力の流れは、まさしく怨霊の王と呼ぶにふさわしいものだ。前世でもここまで力を持つ霊体はなかなかいなかった。

だが……所詮は霊風情だ。

「オ――――オォ――――――」

レイスロードが、空亡《そらなき》にあっけなく飲み込まれていく。

強力な呪《のろ》いも闇属性魔法も、偽太陽の炎一つすら揺らがせることはできなかった。

「ヒ、ヒィッ!?」

「……まさか、こんなモンスターが……」

腰を抜かすネグと、愕然としたようなエルマンの傍らで、ルルムが掠れた声で呟く。

「闇属性の……火炎弾《ファイアボール》……?」

もちろん、そんなものではない。空亡《そらなき》はれっきとした妖《あやかし》だ。

一つ、百鬼夜行《ひやっきやこう》が発生していること。

二つ、百鬼夜行が東へ進行していること。

三つ、夜明けの時分であること。

四つ、観測している人間が算命術における天中殺《てんちゅうさつ》の時にあること。

この四つの条件が重なった時、百鬼夜行の最後尾に忽然と現れるこの妖《あやかし》は、妖《あやかし》や霊魂を飲み込みながら朝日に向かって進み、夜明けと共に消滅する。妖《あやかし》の中でも一層奇妙な性質を持つ、ほとんど自然現象に近い存在だ。

意思のようなものは一切見られない。人を襲うこともなく、炎のような体に近寄っても熱を感じることはない。

ただ、妖《あやかし》や霊魂に対してはとにかく無類の強さを持っている。一度など、龍に匹敵する七尾の化け狐を飲み込む場面さえ見たことがあった。

日に晒せば消えてしまうかもしれず、言うことも聞かないため出しづらかったが、今回はうまく使うことができた。

結果も予想していた通りだ。

「さて……エルマン。本題といこうか」

「ほ、本題……？」

うろたえるエルマンを余所に、ぼくは不可視のヒトガタを飛ばし、神魔の奴隷が入る檻へと貼り付けていく。

「決まっているだろう。商品を受け取りに来たんだ」

「え、は……？」

「取り置きは今日までだったな。もうすぐ日付も変わってしまう。急ぎ、引き取らせてもらおう」

《金《ごん》の相――金喰汞の術《かなくいこう》》

ガリアの汞《ガリウム》が金属を侵食し、檻の鉄格子がボロボロと崩れ始める。

「……鉄が、腐って……」

騒ぎに目を覚ました奴隷たちがざわめく中、驚きに目を見開いたルルムの呟きが耳に入った。

ぼくはエルマンを見据え、そして懐から手形とペンを取り出す。

「いくらだ」

「は、はい？」

「残金を払うと言っているんだ。いくらだ？　エルマン」

ガラスのペン先に、呪《まじな》いによって黒いインクが満たされる。

「見積もりの金額は忘れてしまった。商品も二つほど増えたようだし、あらためて売り値を出してもらおうか」

天井の大穴から覗く二つの月と、闇をまとった巨大な太陽。

それらを背にしながら、ぼくはへたり込む商人へと告げた。

「さあ、どうした？　好きな額を言ってみろ」

其の四

chapter Ⅳ

商街区の一角にある広場に、助け出した神魔の奴隷たちが集《つど》っていた。

あの後、エルマンとネグを崩れかけの倉庫から追い出したぼくは、奴隷全員を檻から出し、とりあえずここまで連れて来たのだ。

人払いの結界を張ったから、野次馬や衛兵に見られる心配はない。これでようやく一息つける。

衰弱している者は多かったが、皆命に別状はないようだった。

中二階に囚われていた奴隷は、実際には小さな子供ばかりだった。多少の怪我を負って腹を空かせてはいたものの、それだけだ。あまり手荒くすると売り物にならなくなるから、当たり前と言えば当たり前なのだが。

一番の重傷はノズロだったのだが、それでも死ぬほどのものではなかっただろう。武闘家だけあって頑丈なやつだ。手伝うと言って聞かなかったが、怪我を治しても熱が治まらなかったので、ひとまず休ませている。

ただ……実際のところ、手は借りたかったのが本音だ。

「はぁ……」

ずいぶん疲れた。

檻から連れ出そうとしても、女子供ばかりだったせいもあり、怯えられたり泣かれたりでかなり手こずってしまった。ルルムが呼びかけて回ってくれなければ、いつまでかかったことか。

しかしそんなルルムも、せっかく仲間を助け出せたというのに、あまり嬉しそうにしていなかった。

いろいろあって状況が飲み込めていないのか……もしかしたら、ぼくが少しやり過ぎてしまったせいなのか。

「セイカさま……」

その時、頭の上からユキが顔を出す。

「なんだ？　ユキ」

「……どうしてあの者に、手形をお渡しになったのですか？」

その声音は、明らかに不満げだ。

「それも、言われるがままの額面を書いて。あのような仕打ちをされたのです、セイカさまがあの者に対価を支払う筋合いなど、欠片もなかったはず。それどころか、奪われた財貨を取り戻されてもよかったくらいでしょうに……」

「エルマンが破産したら、ぼくが壊した倉庫を誰が弁償するんだよ」

「ええ……いや、ええ……」

ユキが呆れと困惑が混ざったような声を出す。

「そもそも、なぜ倉庫を壊されたのですか？　別に、そんなことをする必要はなかったのでは……？」

「空亡《そらなき》が物に触れた時の挙動がわからなかった。まさかないとは思うが、爆発でも起こったら奴隷奪還どころじゃなくなってしまうからな。一応、呼び出す場所を空けておきたかったんだ」

しかしその甲斐あって、あの偽太陽はアストラルにも有効だということがはっきりわかった。

今度は普通のモンスターにも試してみたいところだ。アストラルや妖《あやかし》よりはずっと獣に近いはずだから、どうなるかは微妙だけど……。

物思いにふけるぼくに、ユキが呆れたように言う。

「空亡《そらなき》の試用に、ずいぶんと大枚をはたかれましたね」

「それだけじゃないさ。領主にぼくのことがどう伝わっているかわからない以上、エルマンが消えるのはまずい。かといって困窮させたまま生かしておけば、またなりふり構わない商売を始めるかもしれないだろう？」

「うむむ……」

「それに、なかなか肝が据わっていて、思わず感心してしまったというのもあるな」

まさかあの状況で、当初の見積もりと同じ額を言ってくるとは思わなかった。てっきり、タダでいいと言うかと思ったのだが。

これまで相当泥をすすってきたのだろう。やはり気合いの入った商人だ。

ついつい言われるがままの金額を書き入れてしまった。

「まあ、たぶんあれでも損をしているはずだ。いい薬になっただろう」

「うむむ……しかし、やはりユキにはもったいなかったように思えます」

「金額はともかく、手形はどうしても渡す必要があったんだ。仕方ないさ」

「……？」

ユキが不思議そうな顔をする。

あの場では暗くてわからなかっただろうが、そろそろエルマンも気づいている頃だろうか。

手形に押された、フィオナの印章に。

皇族の印章が押された手形を持ち歩いているような者を、今後敵に回そうとは思うまい。

後の始末も、いい感じにつけてくれることだろう。

「……せめてあの狐憑きだけでも、どうにかしておくべきだったのではございませんか？」

「ネグのことか？　それはかえってまずいな。エルマンの恨みを買いすぎる」

「む……」

「従えていた怨霊はまとめて始末できたんだから、十分さ。それよりも今はこっちだ」

そう言って、ぼくは神魔の少女の一人へと歩み寄っていく。

「ひっ……！」

少女はぼくに気づくと、怯えたように後ずさった。

よく見れば、それはあの倉庫で最初に見た奴隷であるようだ。

怯える少女にかまわず、ぼくはその白い首に嵌められた隷属の首輪を指で摘まむ。

「少しじっとしていてくれ」

念のために結界を張っているおかげで、首輪はいかなる効力も発揮していない。

しかしそのせいか、どう外していいのか皆目わからなかった。

継ぎ目のようなものもない。

ぼくは溜息をつき、呟く。

「仕方ない、壊すか」

《金の相――金喰汞の術《かなくいこう》》

術で生み出されたガリアの汞《ガリウム》が、首輪の金属を侵食していく。

フランク王国の錬金術師が発見したこの金属は、常温で液体であるほか、触れた別の金属をボロボロにしてしまうという変わった特性を持つ。

ほんの三呼吸ほどの間で、隷属の首輪が二つに折れた。

貴重な魔道具らしいので、少しもったいなかったが仕方ない。

「あ……首輪が……」

「次、手を出してくれ」

同じようにして手枷も外してやると、ぼくは少女へ言う。

「ぼくのやりたいことはわかったか？　わかったなら、皆にこっちへ来るよう伝えてくれ。ぼくの方から近寄るとまた泣かれてしまうからな」

「は、はい…………あのっ」

逃げるように立ち去りかけた神魔の少女は、ふと足を止めて振り返る。

「ありがとう、ございます……」

その顔には、微かな笑みが浮かんでいた。

◆　◆　◆

「やれやれ……」

ようやく十五人分の首輪と手枷を外し終わり、ぼくは一息ついていた。

初めは怯えていた奴隷たちだったが、後の方になるとだいぶ慣れて、礼の言葉まで言われるようになった。

魔族でも、やはり子供はかわいい。

ただ、いつまでもここでのんびりしているわけにはいかない。

この集団は目立ちすぎる。エルマンに手形を渡した以上、衛兵に咎《とが》められたところで問題はないだろうが、それでもなるべく避けたかった。

どこか身を寄せる場所を見つける必要がある。

どうするべきか考えていた、その時。

「セイカ」

ふと、背後から声をかけられた。

振り返ると、外套をまとったルルムが立っていた。その首には、未だに隷属の首輪が嵌まっている。

ぼくは気づく。

「ああ、そういえば奴隷は全部で十七だったな。君とノズロの分を忘れていた」

冗談めかしてそう言うも、ルルムは答えず、ただ思い詰めたような表情で立っているだけだった。

その様子に、ぼくは妙に思いながらも付け加える。

「言っておくが、恨み言は勘弁してくれよ。ぼくらも訳ありの身で、あまり大っぴらに権力者と対立できる立場じゃないんだ。それに君らも大変だっただろうが、こっちもこっちでいろいろ大変だったんだからな。アミュにはひっぱたかれるし……ああそうだ、あの子らに無事だったと伝えないと……」

「ねえ、セイカ。一つだけ、答えてくれないかしら」

「……？　なんだ？　あらたまって」

ぼくは眉をひそめた。

ルルムは、一つ大きく息を吐き、ぼくへと訊ねる。

「あなたの家名を、教えてほしいの」

「なんだ、そんなことか？　別に隠しているわけでもなかったから、かまわないが」

若干拍子抜けして、ぼくは答える。

「ランプローグだ。ぼくの名は、セイカ・ランプローグという」

「────っ‼」

ルルムが息をのんだように、目を見開いて固まった。

ぼくはいよいよ訝しく思い、訊ねる。

「いや、さっきからなんなんだ」

「……メローザの夫にも、家名があったわ。一度しか、聞かなかったのだけど……」

「そりゃあ、貴族の生まれを自称するなら家名くらい名乗るだろう」

「あの男は、ギルベルト――」

そして、ルルムが言う。

「――ギルベルト・ランプローグと、そう名乗っていたわ」

「……は？」

「ああ……やっと、見つけた。見つけたんだわ……メローザの子を……」

感極まったように、ルルムが呟く。

それを遮るように、ぼくは言う。

「待て、話が見えない。それはどういう……」

その時、ルルムが慇懃《いんぎん》に跪《ひざまず》いた。

立ち尽くすぼくへと、顔を伏せた神魔の巫女が、厳かに告げる。

「どうか我らの地に、お越しください――」

運命の存在は信じていない。

決定論など、古代ギリシア哲学によってとうの昔に否定されている。

だが……告げられた言葉は、それを感じざるを得ないようなものだった。

「――――魔王陛下」

書き下ろし番外編 Extra edition

――呪《のろ》われているのか。

街の路地の片隅に座り込んだ青年は、鬱憤と共に血を吐き出した。殴られて切れた口からは、すぐにまた生ぬるい鉄の味が染み出してくる。

最悪だった。

残り少なくなっていた貴重な種銭どころか、一張羅の上着まで奪われた。この先どう商売を続けていけばいいのかわからない。用心してわざわざ遠回りをしてまで、治安の良い道を選んだのにこれだ。

「クソ野郎どもが……」

悪態と共に、血を吐き出す。わずかに身じろぎすると、右足がひどく痛んだ。折れてはいないだろうが、ひびくらいは入っているかもしれない。

思えば、自分の人生はこんなことばかりだった。

次男に生まれたばかりに家を継げず、愚鈍な兄に見下される。飼い殺しにされ領地経営にこき使われるくらいならと家を出るも、あてにしていた親戚の議員が失脚して、議会への道が閉ざされる。それならばと家格を売るべく新興の商会へ近づき娘との縁談を取り付けるも、男と駆け落ちされ破談。自ら商売を始めてみるも、軌道に乗ってきたところで同業者の嫌がらせによって大事な顧客を失い……挙げ句にこうして、路上強盗になど遭う始末だ。

呪《のろ》われているのではないかと思う。

もちろん、魔術師やモンスターの呪《のろ》いには、運命をねじ曲げる効果などない。恨みを抱いて死んだ人間が、見えないアストラルとなって、相手に不幸をもたらすなどという与太話を真に受ける愚か者でもない。天の呪《のろ》いを信じるほど、信心深くもない。

しかし……もう、そう思わずにはいられなかった。

「ヒ、ヒヒ……なんだぁ？　育ちのよさそうな兄《あん》ちゃんだなぁ」

声に、青年は顔を上げる。

一人の子供が、こちらを見下ろしていた。

痩せ細り目が落ちくぼんだ、気味の悪い子供だった。みすぼらしい恰好をしているところを見るに、孤児らしい。

「……なんの用だ、ガキ」

「ヒヒヒ……金、恵んでくれよぉ、兄《あん》ちゃん」

子供が、不気味に笑いながら言う。

「そんないい格好してんだ、金持ってんだろぉ？　お、おれにくれよ。銀貨一枚でもいいから……あつっ！」

突然、子供が弾かれたように飛び退いた。

青年が、わずかに目を見開く。

それまで何もなかったはずのそこに――青い、小さな炎が浮いていたのだ。

「あつっ！　あつっ！　くそぉ、ま、また出てきやがって！」

よくみれば、子供の周りには同じような炎が数個、浮いていた。

青年は、目前の青い炎に手を伸ばす。

熱かった。確かに、燃えている。

同時に、思い至る。

「これは……ウィスプか？」

青年はモンスターには詳しくなかったが、おそらく間違いない。

アストラル系モンスターの一種に、確かこのような不思議な炎があると聞いたことがあった。

「この、くそっ、離れろよぉ！」

子供がウィスプに向けて棒を振り回す。

炎はわずかに揺らめくも、なかなか離れようとしない。ばかりか、子供に近づきたがっているように さえ見えた。

まるで懐いているかのように。

「……はっ」

青年は、思わず自嘲するように笑った。

アストラルに懐かれるなんて――まるで、呪《のろ》われているかのようだ。

こんな不吉な子供に絡まれるとは、自分の運もいよいよ底を突きかけてきたらしい。

「はぁ、はぁ……な、なんで、おればかりこんな……」

「……。一人遊びは済んだかよ」

「う、うるさいっ！　いいから金を出せ！」

自分が強請《ゆす》られていることに気づいた青年は、微かに眉をひそめる。

「……それ、まさか俺に言ってんのか？」

「あ、当たり前だろぉ！　兄《あん》ちゃん以外に、だ、誰がいるんだ！」

「マジに、なんでだ？」

「はあ⁉　お、お前が……恵まれてるやつだからに、き、決まってるだろ！」

子供が叫ぶ。

「高そうな服を着て、か、髪もちゃんとして、痩せてない！　路地の臭いもしないし、物乞いの目つきだって、してない！　も……持ってるやつなんだろ！　最初から、いろんなものを！」

「……」

「も、持ってるやつは、持ってないやつに、あ、あげなきゃいけないんだ！　おれにそう言ったじじいは、おれや、他の子供が恵んでもらった金を、ぜ、全部奪っていった！」

「……」

「だからおれは、じじいの家から、全部奪ってやったんだ！　今度はじじいが、持ってるやつになったから……。ヒ、ヒヒ、夏なのに、あいつ、凍え死んで……みんな不思議がってた！　おもしろかったなぁ」

子供は、顔を引きつらせるような笑みを浮かべた。

「だ、だから兄《あん》ちゃんも、おれによこせ！　じゃないと……」

「バカかよ、お前」

青年は、吐き捨てるように言った。

「今の俺を、どう見たら恵まれてるように見えるんだよ、あ？　どう見たら持ってるように見えるんだ。奪われたばっかだよ、バァカ」

「え……あ……」

子供の視線が、青年の服や、周囲の石畳に落ちる。

まるで破られたシャツや、飛び散った血染みにその時初めて気づいたかのようだった。

青年は鬱憤を晴らすように続ける。

「持ってたのなんて最初だけだよ。後はずっと失ってばかりだ。どれだけ頭をひねっても、クソみたいな不運で全部台無しになる。呪《のろ》われてんだよ、俺は」

「う……」

「まあだが、お前よりはまだマシかもな、ガキ。おら、どうすんだ。靴かズボンでも持ってくか？　それとも髪を剃るか？　歯を抜いて売るか？」

「い……いらねぇっ」

子供は後ずさると、逃げるように去って行った。

青年は溜息をつく。

乞食の子供が逃げ出すくらいだ、自分はよほどひどい顔をしていたのだろう。

それから、どのくらい経ったか。

青年はゆっくりと立ち上がった。

ひとまずは、宿に戻ろう。宿泊費は初日にまとめて払っているから、まだ滞在できる。もっとも、明日には出て行かなければならないが。

痛む足を引きずりながら、路地を抜けようとした……その時。

軽い足音と共に、例の子供が、再び目の前に現れた。

走ってきたのか、息を切らしている。

「チッ。なんだよ、ガキ。まだなんか用……ん？」

その恰好を見て、青年は眉をひそめた。

子供は、先には着ていなかったはずの外套を着ていた。その矮躯《わいく》には見合わない大きさで、ぶかぶかだ。

しかも、なんだか見覚えがあった。

強盗に奪われたはずの自分の一張羅に、ものすごくよく似ている。

「ヒヒ……ん！」

子供がおもむろに、手に持っていたパンを差しだしてきた。

「……何の真似だ」

「や、やるよ、兄《あん》ちゃん！　ヒヒ！」

子供が、気味の悪い笑みと共に言う。

「ここらの強盗は、し、知ってる！　あ、あいつらが今、金を持ってるって……兄《あん》ちゃんが教えてくれたからな！　れ、礼だよ！　ヒヒヒヒ！」

「はあ……？　だからって……」

「持ってるやつは、持ってないやつに、あ、あげなきゃいけないからな！　お、おれが言った、ことだ！」

「……」

青年は、子供の薄汚い手からその小ぶりなパンを受け取った。

そのまま口に運ぶ。

硬い。麦の質も悪い。実家にいた頃には考えられないほどひどいパンだ。庶民でさえ、浸すスープもなしに食べるものではないだろう。そのうえ、口の傷も痛む。

しかし……それはなぜか、どうしようもないほど美味く感じた。

「あ、兄《あん》ちゃんは、いい生まれなのに、ものを知らないんだな！」

「……あ？」

「呪《のろ》いは、運が悪いとか、そ、そういうものじゃないぞ。ヒヒ！　もっと便利な……力だ」

「……」

子供は、周囲のウィスプを棒で追い払いながら続ける。

「こいつらは、本当に、う、鬱陶しい。こいつらがいなかったら、おれだってきっと、親に捨てられたり、し、しなかった！　だけど……こ、こうして、便利にも、使える。兄《あん》ちゃんの金だって、強盗から、奪い返せるんだぞ！　ヒヒヒヒ！」

「……」

したたかな子供だと、青年は思った。

自身の境遇を嘆くばかりではなく……それをうまく使って、生きている。

——呪《のろ》いが便利、とはな。

自分にも、何かあるだろうか。

侯爵家から追いやられ、不運に見舞われ続けた自分だからこそ、できることが。

最後の一欠片を飲み下すと、青年は子供に言う。

「おいガキ」

「んえ？」

「強盗どもはどうした。殺したのか」

「生きてるよぉ。でも、ほ、ほっといたら死ぬかも……」

「そうか……ちょうどいいな。そいつらのところに案内しろ、ガキ。ついでにその外套もよこせ」

「だ……だめだ！　これは、おれのものだ！　こんなあったかい服、初めてなんだ……」

「なら、貸せ。三日後には相場の倍額で買い取ってやる」

「んえ……？」

「そいつを二着買えるだけの金をやるっつってんだよ」

青年は、虚空を睨むようにして言った。

「身なりの使い方ってもんを見せてやる」

◆　◆　◆

エルマンは追想から戻ってきた。

何か大きな失敗をした後には、必ず自分の原点となったあの日のことを思い起こすようにしている。

ネグと出会い、強盗どもを奴隷に仕立て上げて売った、あの日のことを。

思えばあれから、ずいぶんと長い時が経ったものだ。

「……」

早朝のケルツ。

商街区の隅にある倉庫が並ぶ一角には、人だかりができていた。

一部が派手に崩壊した倉庫の周りに、野次馬が集まっている。

もちろんそれは、エルマンが借りており、昨夜セイカによって破壊された奴隷倉庫だ。明け方にエルマンが戻ってきた時には、すでにこんな騒ぎになっていた。

逃げ出した見張りの言から、貸主には経年劣化で勝手に崩れたという話が伝わっている。少なくとも、エルマンが責を負うことにはならないだろう。

ただ、行商人ならばともかく、エルマンはケルツに商館を構える街の商人……しかも、奴隷商だ。

普段からあこぎな商売で儲けている以上、世話になっている者が困っていたら助けてやらなければならない。そうしなければ冷たいやつだと後ろ指を指され、街での立場を失う。奴隷商とは、そのような後ろ暗い職業だった。

少なくとも、修繕費の大半を負担しなければならないだろう。

あの少年も、それを見越して手形をよこしたに違いない。

しかし……、

「大赤字だよぉ、兄《あん》ちゃん……」

並んで倉庫を遠巻きに眺めていたネグが、途方に暮れたように言った。

ネグの言う通り、無論収支は赤字だ。

奴隷の輸送費に食費、倉庫の賃料に税金、首輪の掛けだってまだ残っている。そのうえ倉庫の修繕費まで負担するとなれば、あの程度の金額で足りるわけがない。

神魔の奴隷を一人でも残してくれていれば違ったのだが、そんなことが叶うわけもなかった。

いや、手形の金額が入るだけ、マシだと言うべきか。あの時の自分の胆力に感謝したい。

「うう、今月の支払いに金貨が足りないよぉ……債権を少し売るか、予備費を切り崩すしか、な、ないかも……ど、どうしよう、兄《あん》ちゃん」

泣きそうな声で、ネグが言う。

その様子を見て、エルマンはふと感慨深くなった。

あの頃は読み書き計算など当たり前にできなかったネグだが、今ではこうして、商会の経理の一部を任せられるようにまでなった。

ただの用心棒ではない、立派な共同経営者だ。

「さ、最悪だよぉ……おれのアストラルも、み、みんないいなくなっちゃったし……」

「……フ！　何が最悪なものですか、ネグ」

「んえ？」

「破産したわけでもない。立場を失ったわけでもない。何より――生きているではないですか。我々二人とも、こうして無事に」

あの少年は、凄まじい力を持っていた。

ネグのアストラルたちを、はるかに越える力を。

しかも、それだけではない。

「……」

エルマンは、懐から手形を取り出す。

明るい場所で見ても、変わりない。そこに押されていたのは、紛れもなく皇族の印章だった。

それも、民にその生まれや美貌を謳われ……そして裏では多くの銀行や商会を傘下に置いていると言われる、聖皇女フィオナ殿下の。

暴力だけではない、あの一級冒険者には後ろ盾があったのだ。宮廷の後ろ盾が。

ケルツの領主程度の権威では相手にならない。本当なら、あの少年の怒りに触れた時点で、殺されていてもおかしくなかった。

だが――――生きている。

これを幸運と言わずして何だと言うのだろう。

「生きていれば、なんだってできます。我々二人ならばね。それに、危機《ピンチ》こそ機会《チャンス》、でしょう」

「そ、そうかなぁ……」

「あなたが教えてくれたことですよ、ネグ」

「んえ？　お、おれ、そんなこと言ったっけ？」

「フ！」

エルマンは、倉庫の人だかりに背を向け、歩き出した。

終わったことをいつまでも気にしていたところで仕方ない。

「今回の失敗からは学ぶことがありました。我々は少々、リスクを取り過ぎていたかもしれません。もう十分な資本を得た以上、これまでの感覚でいるのはまずい。ハイリスクで外聞の悪い奴隷売買からは、徐々に撤退した方がよさそうです」

「お……おれも、ちょっとそう思ってた、けど……で、でも代わりに、何する？」

「ふむ、今気になっているのは、あの少年が言っていた緑礬油《りょくばんゆ》というものです。あれはなかなか使い道がありそうだ。硫黄を熱して煙を水に溶かすとのことでしたが、名前からして緑礬《りょくばん》からも作れるのでしょう。用意しやすい明礬《みょうばん》からも作れるならば、なおいい……ふむ、まずは近い分野の研究者に出資するところから始めてみましょうか。魔法で生産できるようになれば、いい商材になりそうです」

「わ、わかったよ、兄ちゃん。金、どうやって用意しようかなぁ……。そ、そうだ、首輪の余りを、う、うまく転売できれば……」

「フ！　楽しみですねぇ、ネグ」

呪いだって、便利に使える。

危機こそ機会なのだ。

これまでエルマンは、そうやって生きてきた。

これからも、そうして生きていくことだろう。

282

本書に対するご意見、ご感想をお寄せください。

あて先

〒162-8540 東京都新宿区東五軒町3-28
双葉社　モンスター文庫編集部
「小鈴危一先生」係／「柚希きひろ先生」係
もしくは monster@futabasha.co.jp まで

最強陰陽師《さいきょうおんみょうじ》の異世界転生記《いせかいてんせいき》　～下僕《げぼく》の妖怪《ようかい》どもに比《くら》べてモンスターが弱《よわ》すぎるんだが～⑤

2021年11月1日　第1刷発行

著　者　小鈴危一《こすずきいち》

発行者　島野浩二

発行所　株式会社双葉社
〒162-8540　東京都新宿区東五軒町3番28号
［電話］03-5261-4818（営業）　03-5261-4851（編集）
http://www.futabasha.co.jp/（双葉社の書籍・コミック・ムックが買えます）

印刷・製本所　三晃印刷株式会社

［電話］03-5261-4822（製作部）
ISBN 978-4-575-24460-1 C0093　

Mノベルス

公爵家の五男に生まれたクレストは、家族内で肩身が狭く、幼馴染の婚約者には奴隷のように扱われていた。そんなクレストは、鑑定の儀で『ガチャ』という『スキルを獲得できるスキル』を手に入れた。これで家族内での立場が改善されると思っていた。しかし、使い方が分からず嘘をついていると思われ、魔物が跋扈する森に追放されてしまった――。追放された先で魔物を討伐した時『ガチャ』を使用するためのポイントが手に入っていることに気が付く。そこでポイントを貯めて回してみると、生活に便利なスキルや戦闘に使えるスキルなどを獲得することができた。クレストはそれらのスキルを使い自由で快適な生活を目指すことに……!

発行・株式会社　双葉社